JN239486

安居 咲花

文芸社

お江戸の或る日　噪／目　次

お江戸の或る日　噪

第壱話　蝶の舞

ここはお江戸の八百八町。

時は元禄四年の睦月。

初春に獅子が舞います町の辻。寒の空を見上げれば、達磨にお多福、招き猫、高さ比べの縁起凧。追い羽根の小気味よい音、笑い声。新品の着物に袖通し今年こそはと両手を合わせる初詣。賑やかなりしお江戸の正月。


和田倉御門辰ノ口にある老中相模守土屋政直の上屋敷。新年を迎えたとはいうものの、昨年十月に嫡男昭直を亡くし喪に服しているため、祝い事は一切執り行われない。例年ならば新年祝賀の挨拶のために諸藩の使者が門前に列をなす。往来かと思われるほど門から屋敷の本殿正面上がり口までが人で賑わう。屋敷の接客の間は使者と届け物でごった返す。正月三が日、それはそれは人と物の出入りが続くのだが。

今年は、来訪者もなく上屋敷には静かな時が流れていた。

うっすらと雪景色した武家長屋。その一角にある佐野の家ではお浜がたどたどしい手付きで琴を弾いていた。流れるように曲が奏でられているわけではない。ところが、おぼつかない指運びから紡ぎ出される音色は、澄んだ優しいもの。不思議と心地の良いものなのだ。

「相変わらず上手くはならぬな」

声に驚き手を止めるお浜。

「生まれつき才がないと諦めております」

苦笑するお浜。

「確かに、曲としてはものになっておらぬのだが、耳に柔らかい音色だ」

お浜の横に膝を折りかがむと琴の絃をはじいた。

「琴には龍が宿っているといわれている。守神の心をも安らかにしているので心に響く音なのではないかと思うぞ」

お浜は幸之助を見つめた。

「不得手でも精一杯弾いているお浜の心の表れ。琴を響かせるのは単なる技術ではないのであろう。穏やかなお浜がいて琴線が鳴る。摩訶不思議だな」

幸之助は微笑む。

昨年秋、お浜を寵愛した土屋家の嫡男昭直が他界し、自分の生い立ちをも知ることとなったお浜。生きる気力をなくしていたお浜に前を向く道筋を持たせてからというもの、幸之助は毎日のように佐野家へ顔を出し、お浜の様子を見守っている。

お浜の親指の爪を外し、幸之助は自分の人差し指に爪をつけると驚いているお浜をよそに絃を一番から巾まで鳴らしてゆく。

「雲井調子か」

力強く澄んだ、とても綺麗な音が響く。

「力だけではないぞ。絃を弾く角度が違うかもしれぬな」

「坂崎様は琴もおできになるのですか」

驚きを隠せずに幸之助を呆然と見上げているお浜の唇をそっと奪うと苦笑する。

お浜は慌ててうつむく。

「ま、ひとつくらいできぬものがあって丁度だ。全てにおいて完璧では私の立つ瀬がない」

「ご冗談を」

返された爪を見つめ苦笑しているお浜の肩を抱き寄せる幸之助。

「真だ。お浜の評判は凄いものでな。中奥に上がらせよと申される方もいる。御前の腹心の家臣としての地位は危うくなり、懐刀は錆ついたと言われそうだ」

幸之助の笑顔にお浜は暗い顔をした。

「坂崎様。実はこずえさんのことなのですが」

幸之助は腕を解くとお浜を見つめた。また照之進との仲を取り持つ話しかと身構える。

「佐野の家に入って半年あまり。武家の女として一人前とはまだ到底言えませんが、一通りのことはできるようになりました。こずえさんの手助けはもう必要ありません」

幸之助は耳を疑うように首をひねる。

「こずえさんは奥でお使番ができるほどの人材だと聞きました。私のような者の側にいるのでは勿体ないと思います。どうかもとのお仕事にお戻しください」

言葉は丁寧だが、なぜか違和感のある物言い。お浜の表情も言外の意味ありげな重たいもの。

「何かあったのか」

お浜は苦笑する。

「坂崎様に釘を刺されたにもかかわらず、こずえさんと小橋様の仲を取り持とうと申し出ましたが、こずえさんに断られました。こずえさんは私に仕える身だから構うなと。なのですが、私は身分や格式にこだわりたくありません。少なくとも私の周りにいてくださる方達とはそのような垣根無しに接したいのですが駄目なのでしょうか」

幸之助は穏やかに微笑む。

「駄目とは言わぬ。家の中、そなたの心の中で垣根を外すことは何の問題もなかろう。しかし、外に対してはそうはいかぬ。侍女はあくまでも侍女。それなりの扱いをしなければ主人が笑われる。その使い分けができるのであれば構わぬ」

お浜はほんの少し微笑むと小さな溜息をもらす。

「……こずえさんには私の思いが上手く伝わらず、暮れに話しをしてから、気まずくなってしまいまして……」

「それで奥へ戻せと」

小さく頷いたお浜に笑い出す幸之助。

「それはお浜の負けだ。武家の社会で身分や格式の垣根を外すことは並大抵の努力ではできぬ。お浜の身近にいてお浜をよく知っているこずえに分からせることができぬのならば、他の者になど到底分かってはもらえぬぞ」

「……やはり……そうですか……」

がっくりと肩を落としたお浜を幸之助は抱き寄せた。

「こずえは何でもできる才女。天は二物を与え見栄えもとても良い。にもかかわらず、生まれたときから嫁ぐ男が決まっていた」

とげのある言い方をする幸之助。お浜は幸之助を見上げ苦笑する。

「奥に上がり仕事をこなし奥方様からもお褒めいただいた。しかし何をどう努力しても自分の将来は見えている。褒められ責任ある仕事を任され、それをこなす程に自分の定めに心を閉ざしてしまった。奥方様が、あまりにも無口で重い表情になってしまったこずえを、何とかできないものかと御前にご相談された。そこで、春の陽射しのような心を持つお浜にこずえを託されたのだ」

お浜は驚く。

武家のことを何も知らない自分のために、政直があえて信頼の置けるこずえを侍女として側に仕えさせていたのだとばかり思っていた。

幸之助はお浜の顔を見つめくすりと笑う。

「もちろん、お浜だからと御前の特別な計らいもあった。奥で仕事だけをこなす石のようなこずえは、冷たい可愛げのない女と言われていた。ところが、ほとんど笑わなかったこずえがお浜と話しをしながら声を上げて笑っている姿を見たときには驚いたのだぞ。人の居場所とはとても大切なのだなと、つくづく感じる。今更こずえをお浜の側から引き離すことなどできぬ」

「そうだったのですか……私、こずえさんのことは何も知らなくて……」

「こずえは幼くして母親を亡くしていてな。厳格な父親と兄に育てられた。ゆえにとても真面目でな。国元でも評判のよい娘だったのだ。もう六年ほどになろうか、父親と一緒に江戸へ出てきた。父親は江戸へ来て一年足らずで病に倒れ他界した。娘の嫁入姿を夢見てな」

幸之助は大きな溜息をつく。

「こずえは己の心を殺しても親の願いを叶えねばならぬと信じている。だからこそ、己の生を呪い忌まわしく感じているのであろう。嫁ぐ相手が照之進では誰でも絶望的になる」

「小橋様は決して悪い方ではありません」

「それは私とて十分知っている。照之進、小橋家は私の母方の遠縁でな。小さい頃はよく一緒に遊んだ仲だ。算術の才に長け剣の腕もそこそこ立つ。救いがたい女好きさえ除けば、見映えも含め申し分の無い男なのだがな……」

幸之助はお浜の顔を覗き苦笑する。

「こずえさんが毛嫌いする理由があるのですか」

「親の決めた祝言をすっぽかすためにあの馬鹿は、こともあろうか、こずえと一番仲の良かった女を誑し込めた。祝言の当日、二人は同じ布団に入っている姿で見つかった。こずえが怒るのも無理は無かろう。男の私とて許せぬ」

　お浜は呆然と幸之助を見つめる。幸之助は苦笑した。

「だが、照之進の本心は逆。こずえが愛しくてたまらない。にもかかわらず、嫌われるようなことばかりする。子供なのよ。日に日に綺麗になり才女ぶりを発揮するこずえへの思いは膨れるばかり。こずえは馬鹿ばかりやっている照之進に見向きもしない。相手にしてもらえないからと、自分の心を紛らわすために他の女に手を付ける。結果、さらに嫌われる。悪循環の繰り返し。始末に負えぬ」

　幸之助は肩をすくめる。

「私もこずえが不憫に思う。縁あってお浜の側に仕える侍女だ。何とかしてやりたいとも思う。始終一緒にいるお浜が仲を取り持とうと思うは当然だが余程の覚悟がなければできぬぞ。照之進とのことに関してはこずえも意固地になっているゆえな」

「はい」

「そしてもう一つ」

　幸之助は厳しい表情を見せる。

「照之進が自分からお浜に声をかけたそうだな」

「……はい……」

「あの男、ああ見えても決して自尊心だけは捨てぬ奴。女に言い寄られればその場でも抱こうが、己から仕掛けることはしない。女にだらしないと言われていても、今まで自分からけしかけたのは祝言をぶち壊した時の一度だけ。その照之進がお浜に興味を示したのには訳があるように感じるのだ」

お浜は首を傾げる。

「お浜の側にこずえがいた。そのこずえは、自分の知っている冷たい近寄りがたい女ではなく、穏やかで温かい微笑みを湛える女になっていた。驚きと同時に自分の本心を自覚した。そこで、こずえに自分の存在を誇示するためにお浜にちょっかいを出すことを思いついた」

お浜は驚いて幸之助の腕から飛び退いた。

「そんな！　小橋様がそんな……」

幸之助はくすくす笑う。

「いや、本気でお浜を好いたのかもしれぬが」

お浜は更に険しい顔をする。

「単なる戯れ言でお浜にちょっかいを出しているとは思えぬ。照之進は話も上手く明るい。女の扱いも心得ているゆえ如才ない。だから会って間もないお浜に悪人ではないと言い切らせるほど信頼されている。今、照之進に笑顔で抱き寄せられたとしてもお浜は笑顔が返せよう」

お浜は硬直した。確かに照之進に対する警戒心はかなり薄れている。

「だから気をつけよと申したのだ。くれぐれも油断することなく身構えてくれ。男を侮ってはならぬ」

お浜は幸之助を見つめる。

「私とて同じ。いつ、箍（たが）が外れるか分からぬ。が、お浜が御前のお子ということが気負う心を食い止めているのだが」

苦笑している幸之助の胸に飛び込むお浜。

「……お浜……」

「こずえさんには幸せになってほしい。小橋様との誤解を解いて本当に明るいこずえさんになってほしい。でも……私には何の手助けもできないのでしょうか」

お浜を優しくなだめて幸之助は微笑む。

「お浜は今までと同じようにこずえに優しさを持って接すればよいのだ。こずえはお浜の気持ちを痛いほど分かっていよう。そしてお浜は自分を見失うことなく日々過ごしていれば良い。さすれば照之進とて容易く手出しはできぬ。そのうちこずえが照之進の良いところに気づいてくれればよし。照之進も自分の歪んだ思いに気づけば前進だ。お互いにお互いの誤解を気づかせるしか手はない。要らぬ気を回すとろくなことにはならぬ。こずえと照之進のために、お浜に何かあったならば私は二人とも許さぬ」

鋭い視線でお浜を見つめる幸之助。

「冗談ではないぞ。時と場合によっては照之進でも斬り捨てる。良いな。言動には慎重を期すのだぞ」

「……はい」

お浜は小さく頷いた。幸之助はお浜を抱きしめる。

「いっそこのまま自分のものにしてしまえたならと思う。しがらみや規律などなければどれほど楽か。武士とは窮屈なものだ。こんな世界へ無理矢理引きずり込んだ。許せ」

「坂崎様……私は決して後悔などしておりません」

お浜の温かい微笑みを幸之助は見つめた。

「私は幸せです。坂崎様にこれほどまでに大切にしていただいて」

幸之助は腕をゆるめお浜の顔を覗く。小さく微笑むお浜。

「……お浜」

幸之助はお浜の体を固く抱きしめる。自分も幸せだ。憎み恨むこと以外に生きる拠り所を見つけることができたのだから。目の前にある微笑みは自分が心穏やかに生きていける心の支えであり宝なのである。

六日の午後。お浜はこずえと裏庭へ七草を摘みに出かけた。冷たく硬い大地から顔を出す、なずなやおぎょう、ほとけのざ。

「自然というのは力強いですね」

相変わらず口数の少ないこずえに微笑むお浜。

「先日、坂崎様に叱られました」

こずえは首を傾げた。

「自分が半人前なのに他人の世話を焼くなど以ての外と」

はこべを摘んでいたこずえが手を止め顔を上げる。

「ごめんなさい。私、坂崎様に根ほり葉ほりこずえさんのことを尋ねたんです」

「……お浜さん……」

「小橋様が嫌いになりました」

驚いているこずえに小さく微笑む。

「私はいつでもこずえさんの味方ですから」

「……ありがとうございます。私……お浜さんに余計なご心配をお掛けしてしまって……」

「こずえさん。私は自業自得で家族がいません。私には親身になって思いやれる相手がいないんです。ご迷惑かもしれませんがこずえさんが唯一身内のように思えます。これからもずっと身内ごっこの相手になっていただけますか」

お浜の温かい笑顔をこずえは見つめた。市中からたった一人でこの屋敷へ、佐野の家へ送り込まれたお浜。幸之助の支えがあるにせよ、心細さにも堅苦しいしきたりの戸惑いにも園子達の意地悪な嫌味にも一人で戦ってきたのだ。側に仕える自分が良しに付け悪しきに付け身内代わりをしなければ、本当にお浜は孤独になってしまう。

「身内というのは褒めるだけではありません。苦言を呈することもありますが、よろしいですか」

「はい。是非に。こずえさんの目に余ることは制してください」

「畏（かしこ）まりました」

「その代わり……私にもこずえさんの悩みを聞かせてください。何の手助けもできませんが」

穏やかに微笑みかけるお浜の温かい表情。母を早くに亡くし父と兄の中で育ったため、女の悩みを打ち明けることもできずに過ごしてきた。自分を心配し気遣ってくれる心細やかで優しいお浜の思いにこずえは何度も頷き涙がこぼれた。

鏡開き。喪中のため神事は執り行われない。それでも佐野の家では汁粉を作っていた。昨晩降った雪が五、六尺（約二十センチ）積もり、外では子供達が雪遊びをしている。お浜はこずえを無理矢理引っ張り出し子供達の雪だるま作りに加わる。柔らかい新雪はよく転がる。大きくなりすぎた胴体の雪玉に子供達では顔の雪玉が乗せられない。

「お浜さん。大きくしすぎですよ」

子供達が大笑い。

「本当ね。じゃ、こっちも胴体にしてしまいましょうか」

「雪玉ばかり作っても楽しくない！」

「雪だるま。雪だるま！」

大はしゃぎをしているところへ久保十兵衛が通りかかる。

「お浜。いい大人が何をやっている」

十兵衛が笑う。

「久保様！　丁度良かった。これを乗せていただけますか」

躊躇している十兵衛の手を引き雪玉のところへ連れてくる。

「お浜さんが大きくするから頭が乗らないんです」

「雪玉ばかりなんです」

大きな雪玉が三個も並んでいた。

「雪はまだあるぞ。みんな雪だるまにしてやるか！」

「やったあ！」

子供達は大喜び。そこへ和山新之介が更に外村覚之丞が加わり賑やかなことこの上ない。締めて五個の雪だるまができ上がる。

「目鼻は枯れ葉で作るぞ！」

いつの間にか照之進も加わっていた。子供達を引き連れ裏庭へ繰り出す。枇杷の葉や山茶花を取ってきたり松葉や松ぼっくりを集めてきたり。子供達は福笑いでもするように雪だるまに表情を付けていった。

「届かない」

小さな子が照之進の袖を引っ張った。照之進は子供を抱き上げ目鼻を付けさせる。

「坊主。それでは泣きべそだるまだな」

明るく笑う照之進にこずえは戸惑う。女にしか興味のない照之進が子供と楽しそうに遊ぶ姿が信じられなかったのである。

上屋敷の武家長屋へ通じる路地に立派なそれでいて滑稽な表情の雪だるまが五体鎮座まします姿は前代未聞。陣頭指揮を執ったお浜は喜佐に怒鳴られる。

「全く何というはしたなさ」

雷をやり過ごしこずえと庭の雪を眺めながら汁粉をすする。

「もっと降ったらかまくらを作りましょうって子供達と約束してしまったのですが、駄目でしょうか」

呆れながらも苦笑するこずえ。久しぶりに童心に返って遊べた。お浜とは本当に不思議な人である。

鏡開きが終わると屋敷内も俄に活気づく。佐野の家にも行儀見習いの娘達がやって来る。

「明日からは殿方の着物を仕立てましょう。後ほど反物が届きますからお父上に合うものを選びなさい」

そこへ照之進が顔を出す。

「お浜。どうせ男物なら私に仕立ててくれ」

照之進はお浜の肩を抱きにっこり笑う。

「これ！　不作法に何事です！」

喜佐の小言などどこ吹く風。

「暇つぶしに寄ってみましたが収穫有りですな」

「照之進！」

「お浜。楽しみにしているぞ」

照之進は笑顔を残し出ていった。お浜はくすくす笑う。

「母上。四天王は雪だるま騒ぎでかなりご家老にお小言を頂いたと伺っております。主犯は私ですゆえお詫びに着物を仕立てます。いけませんか」

喜佐は渋々承知する。呉服屋が運んで来た反物をあれだこれだと選び娘達は帰っていった。翌日から早速寸法取りに裁断。仮縫い本縫いと進む。他の娘達が仮縫いを始める頃お浜は父源左衛門と十兵衛用の着物を仕上げていた。

「お浜さんは本当に器用ですね」

こずえが羨ましそうに笑った。

「これだけは神様に感謝しています」

「お浜さん。自慢話はよして。気が散るわ」

手の遅い園子が食って掛かる。

「この反物は和山様のよね」

勘定方田村の娘美里が反物に手をかける。新之介の穏やかで優しい雰囲気の顔立ちに合わせ紫紺の矢羽根絣(やばねがすり)を選んであった。

「はい」

「私が仕立てさせていただくわ」

呆気にとられているお浜をよそに反物を奪い取る。美里は父親の着物をほぼ仕上げていた。

「では、よろしくお願いします」

お浜は頭を下げる。その晩、こずえが溜息をつく。

「美里さんは和山様がお好きなのでしょうね。抜け駆けするおつもりですよ」

「誰が仕立てても同じです。和山様が喜んでくださるのなら」

歌舞伎役者のように整った顔、色白の覚之丞に合わせた深みのある落ち着いた金の千鳥格子の紬を裁ちながらお浜は笑う。

「で、いくら手が早い私でももう一反は明後日までに仕上げられません。こずえさんに手伝っていただきたいのですが」

こずえは肩をすくめる。

「策略ですか」

「ばれましたか」

こずえは溜息をつく。

「兄の分で手一杯ですよ。到底小橋様のまではできません」

お浜はくすりと笑う。

「どうして小橋様の分なのですか。私は何も申していませんが」

「あっ……いえ……その……残っている反物は黒鼠の井桁の織り柄ですから、四天王でこの反物が似合うのは小橋様しか……」

「私の見立てと好みが合いましたね。良かった良かった」

けたけた笑っているお浜に膨れっ面を見せる。

「意地がお悪いですよ」

「大丈夫。全部こずえさんに仕立ててくださいなどとは申しません。でも、一針だけでも良いですから刺して差し上げてください。お守りのお礼に」

こずえは驚いて手を止める。兄の着物を初めて仕立てたのだが、いつの間にか一針一針に感謝の心や健康への願い仕事の無事を祈っていた。誰かに着物を仕立てるというのはその針に相手への思いが込められているものなのかもしれない。お浜は何も知らない子供のように無邪気に見えるが、市中で苦労をしてきた分本当は誰よりも大人なのである。想像を絶する苦労など微塵も感じさせない、気取らない何気ないお浜の温かい心遣いがこずえの心を掴んで離さない。お浜にならば自分の全てをかけて一生付いて行けそうだ。

照之進の着物は襟付けをこずえに手伝ってもらい完成。照之進が夕食に顔を出した際手渡した。

「小橋様。実はもう二枚着物があるんです」

「これは衣装持ちになるな」

「いいえ、こちらは久保様に。こちらは外村様にお渡しいただきたいのです」

照之進は首をひねる。

「なぜだ」

「私の代わりにご家老のお叱りを受けてくださったお礼です」

お浜は照之進を見つめた。照之進は笑い出す。

「私の着物も雪だるま事件の詫びか」

「申し訳ありません」

お浜は深々と頭を下げる。

「ま、理由はどうであれお浜が自ら仕立ててくれたと思うと嬉しいな。ん？　新之介のはどうした」

「美里さんから頂いていませんでしょうか」

照之進はしばらく黙りこんでいたが急に吹き出す。

「……小橋様？」

「いや、そうであったか。こりゃ愉快。新之介の奴、着物など貰う謂れなどないとえらくご立腹でな。武家の女が媚を売るとははしたないと憤慨していたが、お浜の考えに美里が便乗して……いや、本当はそなたが仕立てるつもりだったものを美里が出しゃばったかな」

さすがに女心を極めている照之進。下手に弁解をすれば新之介にも美里にも恥をかかせてしまう。

「いいえ。私とて一人で全部は到底仕立てられません。皆で手分けをして縫わせていただきました。和山様の着物は美里さんに仕上げをお任せしましたので、そのままお渡しいただければと頼みました」

「では、私の着物は誰が縫ったのだ」

「それは申せません」

「つれない返事だな」

ここのところのお浜は以前にも増してよそよそしい。監視役のこずえの眼光も甚だ鋭い。

照之進はお浜の顎を引き上げた。

「そなた、好いた男でもいるのか」

笑顔で見つめられ慌てて身を引くお浜。照之進はすかさずお浜の腕を引き寄せ抱きしめた。

「おやめください！」

こずえは照之進の腕に飛び付く。照之進は力任せにこずえを振り払う。こずえは飛ばされた弾みで顔から畳に叩き付けられた。

「こずえさん！」

お浜は照之進を睨みもがく。

「言えば腕を解いてやろう」

「名を聞いてどうされるおつもりです」

お浜は厳しい表情で照之進を見つめる。

「お浜を賭けて果たし合いでもするかな」

真面目な顔でお浜を見つめる照之進をお浜はくすくす笑う。

「何が可笑しい」

「小橋様では敵いません」

「何だと」

照之進はお浜を組み伏す。

「誰だ。言え！」

お浜は一瞬厳しい顔をするがにっこり微笑む。

「若殿様です」

驚いている照之進の下から這い出たお浜はこずえに駆け寄る。

「大丈夫ですか……」

抱き起こしたこずえの頬から血がにじんでいる。畳に打ち付けられ擦ったようだ。

「大したことでは……」

苦笑するこずえを抱きかかえ、呆然と四つん這いになっている照之進を見下ろす。

「小橋様。お帰りください。理不尽に暴力を振るうあなたとは二度とお会いしたくありません」

お浜はこずえと隣室へ姿を消す。

十兵衛と覚之丞の着物を手に佐野の家を出た。弾みとはいえ少々乱暴だったような気はする。

「馬鹿だな。お浜は市中で育ったとはいえ芯の強い硬い女なのだぞ。我らの笑顔欲しさに媚び売る姦し娘らとは出来も質も違う。だからこそ若殿様が側室にと申し出たのだ。尻の軽い照之進などにおいそれとなびくような女ではない。これで一生口をきいてもらえぬな」

　十兵衛は仕立て上がったばかりの着物を広げながら笑う。

「親の決めた女だとはいえこずえはかなりのもの。素直に抱いてやれば良いものを。全くひねくれ者よの」

　経緯を聞き一旦は突き返そうかと思っていた美里から渡された着物に袖を通しながら新之介が肩をすくめる。

「照之進がこずえをそこまで毛嫌いするのであれば、私が頂くが異存はないな」

　煙管をふかしながら覚之丞が照之進を見やる。

「おいおい。こずえに名乗りを上げているのは覚之丞だけではないぞ」

　新之介が口を挟む。

「では、三人で競うとするか。誰が落とせるかを」

　十兵衛が笑った。

「勝手にするがよいさ。私はお浜以外に興味はない」

　覚之丞が大きな溜息をもらす。

「分からん奴だな。お浜は無理だぞ」

「若殿様は亡くなられたんだ。思い出よりも生身の男」

　照之進の言葉に覚之丞が呆れて言葉を続ける。

「そうではない。お浜の母親は昔江戸家老だった佐竹殿の娘美浜といって先代が才を買われ御前様の側に上がらせたという。御前様のご寵愛ぶりはかなりなものだったとか」

新之介が続ける。

「ところが神君家康公ご拝領の水晶の風鎮を紛失して家老佐竹は切腹、美浜は処払いになって行き方知れず。ふたりは生き別れとなった」

さあさあお立ち会い、と覚之丞が乗り出す。

「ところがところがだ。親子は好みまで同じなのか、美浜と生き写しのお浜を市中で見かけた若殿様が興味を示した。女っ気のない若殿様のために御前様は佐野殿の養女としてこの屋敷へ入れ、それとなく若殿様に近づけた」

一拍おいて新之介が続ける。

「お浜は頭も切れるしそつもない。持って生まれた血筋の品もある。土屋家の若殿様の側室としては申し分ない女だ。加えて幼子のように屈託無く笑うあの笑顔が女を知らぬ若殿様の心を掴んだ。若殿様のご寵愛ぶりは端から見ていても微笑ましい限りだったのだ」

照之進はフンと鼻を鳴らす。

「そんなことはどうでも良いこと。全て過去過去」

溜息をついて十兵衛が照之進を見やる。

「そうではない。若殿様がご寵愛だったお浜を御前様も殊の外気にかけていらっしゃる。こずえを侍女にしたのも奥で評判の良い信頼のおけるしっかりした女だからであろう。そして今は腹心坂崎殿を監視役に据えている」

「幸之助を！」

照之進は驚いた。

「何だ。知らぬのか。若殿様が亡くなられてからというもの、ほぼ毎日ご機嫌伺いに坂崎殿は佐野殿の家へ顔を出しているぞ」

十兵衛の説明に新之介が付け加える。

「御前様がこの先お浜をどうされるのかは分からぬが、迂闊に手出しをすれば坂崎殿の剣に露と消えることになるやもしれぬ」

照之進は肩をすくめる。確かに幸之助が監視役では手も足も出ない。自分の小賢（こざか）しい策略では、頭脳明晰にして泰然自若、慧眼犀利（けいがんさいり）寸分隙無き幸之助を出し抜くことなど不可能だ。しかしおめおめと引き下がるのも女泣かせの沽券にかかわる。ここはしばらく様子見をするしかないようだ。

お浜は星の瞬く漆黒の空を見上げ溜息をつく。照之進は一体何を考えているのか、さっぱり分からない。

「お寒くありませんか」

自分を心配してくれる優しいこずえの頬は擦り傷がやや熱をもち赤みを帯びて痛々しい。

「こずえ。どうしたのだ」

今夜もお浜の顔を見に来た幸之助が心配顔でこずえを見つめた。

「いえ、何でもございません」

こずえは慌てて部屋を出る。お浜は照之進に突き飛ばされたことを告げた。

「しょうもない奴だ。傷跡が残らねば良いが」

お浜は幸之助の優しさに胸が熱くなった。今にも泣き出しそうなお浜に笑う。

「どうした？」

「申し訳ありません。坂崎様は本当にお優しい方だと、嬉しくなりまして」

苦笑しているお浜。幸之助はからからと笑った。

「障子を閉めてくれぬか。ちと寒いぞ」

お浜は慌てて障子を閉める。

「照之進は有り余る力の捌け口が見つからぬのであろう。私などは忙しすぎてお浜を組み伏す力さえ残ってはおらぬ」

お浜は心配そうに幸之助を見つめる。

「ご多忙なのに毎日お越しいただいて申し訳ございません」

「誤解するな。逆だ。疲れを癒すにはそなたの笑顔を見るが一番。今夜はゆっくり拝ませてくれ。明日より市中へ出なければならぬからな」

「はい」

お浜はにっこり微笑むと部屋を出る。入れ替わりにこずえが茶を運んできた。

「こずえ」

「はい」

「子供は好きな相手の気を惹くために、嫌われると分かっていて意地悪をする。どこぞのあほは図体ばかり大きくなったが……ここは……」

幸之助は自分の頭を指で突く。

「育っておらぬ。がきの悪戯にむきになってはこずえが馬鹿を見る。腹も立とうが軽く流せ。相手にせねばそのうち自分の悪戯に虚しさを感じよう」

「……坂崎様……」

温かい幸之助の言葉にこずえは涙を流す。そこへお浜が入ってきた。こずえの肩を抱く。

「坂崎様も私もこずえさんの味方です。いつか必ず小橋様に頭を下げさせましょうね」

「……ありがとうございます……」

こずえは静かに部屋を出て行く。溜息をつきこずえを見送ったお浜の腕を引き寄せる幸之助。

「お浜は優しいな。こずえは幸せだ」

「それは私の周りにいてくださる方々がお優しいからです。特に坂崎様が」

お浜は微笑む。

「こら。そんなことを無防備に申すな」

幸之助はお浜と唇を重ねる。抵抗をしないのを確かめると襟の合わせから手を入れた。さすがに驚いたのかお浜は身体を硬直させたが幸之助の手を振り払おうとはしなかった。襦袢の下の柔らかいふくらみにゆっくりと手を這わせる。口をついて漏れそうになる声を必死で堪えるお浜はやけに艶めかしい。

幸之助は微笑みお浜を見つめる。

「だいぶ心得たな」

頬を染めているお浜を抱きしめ幸之助は耳元でささやく。

「なかなか色気があってそそられるぞ」

幸之助の微笑み。お浜は恥ずかしくなり両手で顔を覆う。

「褥(しとね)では遊女というのだ」

お浜はきょとんと幸之助を見つめ返す。

「どんな貞淑な女でも夫と床を共にするときは遊女のように淫らな方が、良い女房と言われている。睦み合うときまで取り澄まされたのではたまらん。お浜は合格かな」

「……恥ずかしいです……」

「ゆっくり攻め入る楽しみが増えた」

幸之助は明るく笑った。お浜は慌てて着物を正すと部屋の入口に置いておいた着物を幸之助に渡す。

「今回、殿方の着物をみんなで仕立てました。坂崎様に着ていただこうと思いまして」

焦げ茶と黒の細かい市松模様。上品な光沢の着物。

「お浜の見立てか」

「……お気に召しませんでしょうか……」

「いや。嬉しい限り。袖を通すのが楽しみだ」

幸之助の優しい微笑みにお浜はほっとして笑顔を返す。

「十日ほど市中だ。体には気をつけよ」

「はい」

幸之助は佐野の家を後にする。

睦月ももうすぐ終わりである。正月気分もすっかり消えた江戸の街。木枯らしに背中を丸め仕事に精を出す幸吉。

簪（かんざし）の確認をするため職人を訪ねた。銀細工では江戸で屈指の技術と賞賛されている銀師（しろがねし）の半蔵。山下御門側山下町にある長屋でこぢんまりと商売をしている。金に糸目を付けず注文する豪商や大名が主な客層という。文左衛門ならば何度も簪を作らせていそうだ。確かな腕にもかかわらず金には興味のない根っからの職人という噂は、どこかで耳にしたことがあったが顔など知るよしもない。近所の人に半蔵の家を尋ねると場所はすぐに分かった。戸を叩いたが返事はない。開けてみたが姿もない。長屋の隣に声をかけた。

「半蔵さんかい。ここ十日ばっかり姿が見えなくてね」

「ふらりと出かけちまう人なのかい」

「いいや。今までそんなことは一度もなかったんだけどね。なにせ、簪作るのがなによりも好きってな案配。女っ気もなくて。本当に真面目一方。私らもちょっと心配してまして」

幸吉はもう一度部屋を覗く。机の上には作りかけと思われる簪が載っている。さらに道具がそのままになっていた。仕事熱心な職人が自分の命のように大切な道具を出したままで出かけるとは思えない。なにか特別急な用事ができたのか。部屋が荒らされている様子はないので無理矢理連れ去られたわけではないようだ。しかし何かが変だ。家の空気はまさしく居抜き。今自分の目の前で半蔵が仕事をしていても決して驚かないほど生活感がある。やりかけの仕事があるにもかかわらず自ら仕事を放りだしてどこかへ消えた。そんな表現が一番しっくりくる。幸吉は半蔵の長屋を後にする。懐にある簪に手が触れた時、脳裏に下絵が浮かんだ。注文主の意向を入れた下絵があるはず。幸吉は南町奉行所へ向かった。折しも七ツの鐘（午後四時頃）。常町廻りの同心が奉行所へ帰ってくる頃。

しばらく門前で待っていると桜井の姿が見えた。

「何だ。珍しいな」

幸吉は頭を下げる。

「我が家へ寄ってくれ」

桜井はそう言って奉行所へ入っていった。幸吉は八丁堀岡崎町にある桜井の役宅へ。応対に出てきた見目麗しき奥方さくら。

「これは……植木屋の……」

さくらの笑顔に幸吉は頭を下げる。

「桜井殿よりこちらへ寄っていただきたいと言われたのだが」

さくらは微笑む。声を聞きつけ奥から出てきた人物。純白の地に見事な真紅の牡丹が前身頃にも後ろ身頃にも特大の大きさで描かれた奇抜以外の何物でもないど派手な着物を着ている高見沢。幸吉は笑い出す。

「相変わらずの出で立ち。溜息がもれるわ」

その言葉に、さくらは堪えていたものが外れ高見沢を横目で見やりけたけた笑う。

「……どうぞ……お上がりください」

奥に通される。どうやら今夜は桜井と高見沢が奥方の手料理で酒宴を催すところだったようだ。

「余計な者が上がり込んでよろしかったのか」

幸吉は恐縮する。

「お構いなく。さ、もうじき戻ってまいりましょう。ご遠慮なさらずにどうぞお座りください」

明るく微笑むさくら。

「さくら殿は料理が上手いのだぞ」

高見沢が嬉しそうに笑う。それにしても目映いばかりのど派手な着物は一体どこで手に入れるのやら。着物から視線が離せない。

「知り合いに絵付師がいるのだ。何でも良いから好きに描いてみよと申したら、これだ。さすがの私でも少々気恥ずかしいが技術は大したもの。今しか着られぬゆえな」

苦笑している高見沢だが、色の白い端正な顔立ちに真紅の牡丹がなぜか似合う。すると後ろから爆笑が飛ぶ。

「なんだその格好は！」

桜井のご帰還だ。

「歌舞伎役者でもそんな衣装は着ぬであろうに。昼日中、その格好で歩いているのか」

高見沢はむすっとする。

「これは丹治の仕上げたもの。文句ならあいつに言ってくれ。私とて日没後でなければさすがに着られぬわ！」

　桜井は腕組みをしながら高見沢に近づき着物を見つめる。

「やっと落ち着いたか。たいした腕だ。絵付けとしてはかなりの物だな。しかしこのでかさと色あいはいただけんな」

　ど派手な柄の着物でも高見沢が着ると似合うのだから笑うしかない。

「お主の律儀さには頭が下がる」

　桜井は笑いながら奥へ消える。

「丹治というのは」

　幸吉は笑われ通しで不機嫌な高見沢に尋ねた。

「見事な絵付師としての腕がありながら、喧嘩っ早いのが玉に瑕で揉め事ばかり起こす。どこの師匠に付けても長続きしない。紺屋町にある染壱という染物屋に入れたところ、今回ばかりは大人しくしているようでやっと最後まで仕上げたのだ」

「すると、初めての作か」

　高見沢は肩をすくめる。

「桜井が、牢に入るか心を入れ替えるかどちらかだと選択させて、やっとのこと仕事先が決まったのだ。これだけは着てやらないわけにはいかぬのさ」

　幸吉は、小さく微笑む高見沢の顔を見つめ心が温かくなるのを感じていた。

　着替えた桜井が部屋に入ってくると料理の膳と酒が運ばれる。出汁（だし）のきいた大根の煮付け、脂ののった鰊と牛蒡を炊き合わせたもの、昆布の煮物は山椒の実がほどよい刺激をくれる、花麩が色を添えている蛤の吸い物は柚の香りがなんとも優しい。どれもとても良い味だ。

「さて。お主の用件は何だ」

酒が進まぬ前に桜井が切り出す。

「山下町で仕事をしている半蔵という簪職人を捜して欲しいのだ」

「簪職人だと」

幸吉は懐から簪を取り出す。手にした桜井は掲げて見つめる。

「これは見事なもの」

高見沢も見定めて頷く。

「相当の値であろうな」

幸吉は頷いた。

「実は、亡くなられた若殿様がお浜にと注文した品だそうだ」

桜井と高見沢は顔を見合わせる。どうやら二人ともお浜が蝶を嫌いなことを知っているようだ。

「若殿様とはそんなに無粋なお方だったのか」

高見沢が不思議そうに幸吉を見つめた。

「いいや。だから不思議でならぬ。ああ見えても若殿様は心細やかなお方だった。好いた女の嫌いなものをわざわざ簪にするようなことはあり得ない。何かの間違いだろうと今日訪ねたところ、いないのだ」

幸吉は長屋でのことを話す。

「行き方知れずか」

「何やら臭うな」

高見沢が嬉しそうに身を乗り出す。

「お暇人。物見の虫が疼くからといってそうそう事件にされては困るのだぞ」

桜井が苦笑する。

「で、簪を作るには下絵を描くのではないかと思いついた。しかし私では上がり込んで探すわけにも行かぬ」

桜井は頷く。

「承知した。早速手配しておこう。すまぬ。その簪を預からせてもらって良いか」

幸吉は桜井に差し出す。

「お主はいつまで市中にいるのだ」

「十日ほど」

「ある程度の調べがついたら、長屋へ顔を出しても差し支えないか」

「手数をかけるが喜楽へ寄るようにと文左衛門に知らせてくれまいか」

「紀伊国屋か」

「ああ。明日話しは付けておく」

「分かった」

桜井と幸吉のやり取りを聞いていた高見沢が口を挟む。

「紀文はお主のイヌか」

幸吉は笑い出す。

「いや、いや。文左衛門はまこと単なる商人。私が独り立ちした頃世話になったお方の紹介で知り合った。気が合い屋敷の庭の手入れを任されているだけ。有り余る金でお大尽遊びはしているものの、商いの腕は天下一品。人を見る目も然りだ。おまけにあの如才なさが功を奏してか無類の情報通で、人脈は大名、商人、名主に百姓、学者に茶人に花魁、遊女と千差万別、網の目のようなのだ。それを利用しないのは勿体ないので時々手を借りているのだ」

「それだけで屋敷を鼠捕りの現場に貸すのか」

鋭い高見沢の視線。幸吉は苦笑する。

「文左衛門の弱みを握っているのだ」

「何だ！」

桜井と高見沢が同時に身を乗り出す。幸吉は大笑いした。

「内緒ぞ。文左衛門はお浜にぞっこんなのだ。私が屋敷に抱えてしまったのでな、お浜に会いたくば言うことを聞けと脅している」

声高に笑う幸吉に信じられないという視線を投げる二人。

「食えぬ曲者（くせもの）だが、私とは馬が合う」

高見沢が吹き出す。

「類は友を呼ぶ。食えぬ曲者同士。馬が合って当然だ」

「私が食えぬ曲者か」

杯を飲み干した桜井が大きく頷く。

「お主を食わせ者と言わずして誰を言うのだ」

愉快そうに三人は笑って酒を酌み交わす。

翌日、幸吉は八丁堀の文左衛門の屋敷の庭で鋏を動かしていた。

「これは丁度良いところへおでましや」

文左衛門が屋敷から庭へ出てくる。

「熱うおまっせ」

ざるに載った蒸かしたての饅頭を差し出す。幸吉は一つ頂く。冷えきった手に何とも優しい温かさ。

熱々の甘い餡が体を内から温めてくれるようだ。

「もう一つええ知らせやわ。手頃な家が見つかりましたのや。後で一緒に見に行きまひょ」

「それは有難い。世話をかけるな」

文左衛門は肩をすくめる。

「幸吉はんのためやあらしまへん。誤解のありませぬように」

幸吉は笑う。

「頼まれついでにもう一つ。近々、文左衛門宛に南町の同心桜井殿から連絡が入る。そうしたら私の長屋へ使いをよこしてくれまいか」

「わてが繋ぎ役ですかいな」

「下っ引や目明かしが長屋をうろつかれると、ちと、まずいであろう」

「そりゃ分かりますがな。で、今回はなんの事件に首を突っ込まはったんです」

興味津々の文左衛門の瞳。幸吉はくすくす笑う。

「人捜しだ」

「人捜し？」

「おそらく文左衛門の知った者だと思うのだがな」

「わての知り合い？」

「銀の簪の細工職人、銀師の半蔵だ」

しばらく考えていた文左衛門は大きく頷く。

「山下御門側にいる半蔵はんでっか」

「やはり知っていたか。おおかた吉原の大夫にでも作ってやったのであろう」

苦笑する文左衛門。幸吉は蝶の簪のことを語った。

「あのお堅い若殿様が簪ですかいな。相当お浜はんに惚れてはったんですな。それにしてもお浜はんが蝶嫌いとは知らなんだわ」

幸吉は驚く。

「贔屓の女の嫌いなものを文左衛門が知らぬとは予想外だな」

文左衛門は庭を歩き出す。

「わてはあの子の仕事ぶりに惚れてましたのや。機転がよう利く。明るい笑顔。温かさと優しさが溢れ出てますやろ。あの子を見てるとほんまに酒が美味くなる」

幸吉は笑う。

「色気のある女のことしか頭にない紀文お大尽に、働く姿で贔屓にさせるとはさすがお浜」

優越感に浸って頬を緩ませている幸吉の目の前に顔を突き出す。

「甘い！　男から下心を取ったら男やない。わてかてまだまだ現役や。油断大敵でっせ」

幸吉は大笑いをする。

夕方、仕事に区切りをつけ文左衛門と下谷へ向かう。賑わう表通りから少し裏へ入る。板塀に囲まれた閑静な家。十畳間が四つに八畳間が二つと納戸、台所の土間。小さいが内風呂に厠に井戸。こぢんまりとしている庭もある。

「随分立派な屋敷だな」

幸吉は家の中を見て回る。

「どうやら以前は大店のお妾さんが住んではったらしいのや」

「なるほど」

幸吉は苦笑する。

「坂崎様。あとで家財道具を運び込んどきますさかいな。六日……十日後にはここで暮らせまっせ」

うきうきしている文左衛門を斜に見据える幸吉。

「お浜のためと申す気であろうが、絢爛豪華に金をかけるでないぞ。御前様もご老公様もお見えになるのだからな。品のあるものを取りそろえよ」

「心得ました。財布の紐を締めながら品良く贅を凝らしまひょ」

浮かれている文左衛門を溜息で見つめる幸吉。


半蔵の長屋へ顔を出す桜井。

真面目で仕事熱心という評判ばかり。幸吉が言うように長屋の仕事机は簪を作りかけて厠にでもちょいと立ったというような案配。遠出をするようには決して見えない。桜井は下絵を探した。あちこちの引き出しを開けやっと出てきたものは見事な下絵の帳面が五冊。どの絵も溜息が出るほど緻密に描かれている。その絵の隅に注文主とおそらく渡した日付と思われるものがたどたどしい字で書き込まれていた。桜井は日付を追い土屋の若殿様の名前を探す。白紙が続く十五枚前に「わかさま」と書かれたもの。そこに描かれているものは鞠のように集まって咲く八重桜だった。これを銀細工で作れるのかと思われるほど手の込んだ緻密な下絵。桜井は前後を何枚かめくる。既にでき上がっているものの中にも若殿様の後にも蝶の下絵などない。そしてもう一つ。何々町の誰兵衛と注文主が事細かに書かれているにもかかわらず、八重桜だけはあまりにも簡潔。一見の客ではなく顔見知りだったということを物語っている。目明かし下っ引に出入りしていた者を調べさせる。訪ねてくるのは客ばかりで女の出入りもない。酒もあまり飲まぬ人付き合いの好きではない男だったようだ。強いて親しいというならばと浮かんだのが丹治だった。不真面目を絵に描いたような丹治とどう結びつくのか分からぬが紺屋町にある染壱を訪ねる。

「これは桜井様」

主人太兵衛が頭を下げる。

「丹治は真面目に仕事をしているか」

太兵衛は微笑む。

「いやあ、なかなか筋が良いですよ。あれなら鍛え甲斐があります」

にこにこしている太兵衛を不思議そうに見つめる。どこへ行っても駄目だった丹治がなぜそんなに神妙に仕事をしているのか。

「仕事場をご覧になりませんか」

太兵衛に促され奥へ進む。黙々と反物に染料を載せている丹治。真剣な瞳に桜井の頬が緩む。と、そこへ娘が入ってきた。

「丹治さん。頼まれた赤の染料よ」

差し出された染料皿をはにかみながら受け取る丹治。

「どうも……」

「いいえ。どういたしまして」

娘の微笑みに照れる丹治。桜井は笑いを堪えていた。

「太兵衛。あの娘は」

太兵衛がくすくす笑う。

「お苗といいまして両親を小さい頃に亡くした姪っ子でしてね。うちの娘とは姉妹のようにして育てました。器量はご覧の通り褒められたもんじゃありません。おまけに気が強いときてるので、どうも男には縁が無い。丹治が私に息巻いているのを見かけたお苗が、甘ったれるなと張り手を食らわした。丹治が札付きの悪だって聞いてましたからどうしようかとはらはらしたんですが、母親でも思い出したんでしょうかね。それっきり悪態をつかなくなりまして。お苗の言うことなら何でも素直に聞く。見ていて可笑しいくらいですわ」

桜井はくすくす笑った。

「元気そうだな」

丹治は頷く。

「高見沢が嘆いていたぞ」

「あの……着物……」

「あやつでも昼間は着られぬとさ」

苦笑している丹治。

「仕事はしっかり覚えろ。太兵衛さんが見込み有りと太鼓判を押してくれた。何があっても辛抱してやり通せ。一人前になれれば屑のようなお前でも必ずや誰かが認めてくれる。叱ってくれる人は宝だぞ」

小さく頷く丹治。まこと素直になったものである。

「ところでお前さん、銀師の半蔵を知っているそうだな」

「あ、ああ」

「やはり知り合いか。お前とは似ても似つかぬ真面目な奴だそうだが、どんな知り合いだ」

「故郷が同じなんだ」

「どこだ」

「因幡鳥取だけど」

桜井はしばらく考え込む。因幡鳥取藩は池田伯耆守綱清公の所領。その時脳裏に家紋が浮かぶ。蝶だ。

桜井は慌てて懐から簪を取り出し丹治に見せた。

「これは半蔵の仕事だよ。ものすごく正確だから」

「正確というと池田家の家紋とか」

「ああ。おそらくどこも違っていないと思うよ」

下絵の緻密さと写実的なことを考え合わせれば納得がいく。

「最近会ってはおらぬか」

「夏に会ったっきりでここんとこは。あいつが何かしでかしたのか」

「いや。聞きたいことがあって捜しているのだが、行方が分からぬのだ」

「珍しいこともあるもんだ。仕事が生き甲斐っていう本当に真面目な奴なんだよ。見た目っからして真面目で。子供の頃から真面目だったらしいし」

「幼なじみではないのか」

「違う。違う。銭湯でちょいともめちまったときに、俺が殴り倒した奴が半蔵に体当たりしてあいつの左腕に怪我させちまってよ。簪職人だって分かって、さすがにすまなかったなと、詫びに行ったわけよ。そしたら同郷だって分かってさ。お互い貧乏水呑百姓の倅で両親は死んじまっててさ。江戸に流れ着いたのもおんなじ頃でさ。振り出しは同じでも半蔵は手に職持って頑張ってるじゃねえか。俺っちなんか喧嘩ばかりの風来坊。えらく違っちまったなとぼやいたら、半蔵のやろう俺の手を取って見つめるからさ。おいおい。俺にはそんな趣味ねえぞって怒ったわけよ。そしたら半蔵が絵筆でなんか描いてみろって。あいつの下絵を見みがら真似たら俺にも描けてさ。細工は無理だから染めをやってみろって勧められてよ。そんなんで仲良くなったって感じだよ。あいつはこつこつ修行して独り立ちして……そういえば、夏に妙なことを言ってたな」

桜井は目を見張る。

「名が売れて首を絞めることになったとかなんとか」

「もし、お前さんのところへ連絡があったら知らせてくれ。いいな」

「……ああ」

桜井は丹治の肩をぽんと叩く。

「梅の花でも題材にして描いてくれと高見沢が言っていたぞ」

「……えっ！」

「昼間でも着られるものをとな」

ぽかんとしている丹治。

「頑張れよ」

桜井は笑って染壱を後にする。注文にもない蝶の簪。その蝶は池田家の家紋と寸分違わない。しかも土屋家へわざわざ届けられた。一体何を意味するのか。

夕方ふらりと喜楽の暖簾を潜り苦笑する。

「曲者が自ら鎮座しているとは笑止千万」

桜井の声に背を向けていた高見沢が大笑いをする。

「幸吉。言うことは皆同じだな」

今し方店に入った幸吉は高見沢にも同じようなことを言われたばかり。お糸が運んできた茶をすすりふてくされる。

「間の悪いことで」

「玄兵衛。二階を借りて良いか」

桜井が板場を覗く。頷く玄兵衛。

「お糸。手が空いたら料理を運んでくれ。慌てずとも良いからな」

「はい」

三人は二階へ。

「紀伊国屋へ使いを出すまでもなかったな」

桜井が笑う。

「ちと、気がかりなことがあったのだ」

「若殿様が何故市中で有名な飾り職人を知っていたのか？」

懐から下絵を綴った帳面を出しながら笑う桜井。幸吉は肩をすくめる。

「見てみよ。若殿様が注文したのは八重桜の簪だ」

「……これを銀で細工するってか！」

高見沢が下絵を食い入るように見つめた。幸吉はぺらぺら帳面をめくる。注文主の記載に気づく。

「やはり、若殿様と半蔵とは単なる注文主と職人ではなったということか」

「そのようだ。おまけに蝶の簪など誰も注文してはいない」

「鳥取藩と何か関わりがあるとでも」

桜井は苦笑する。

「何だ。知っていたのか」

「いや。今この緻密な下絵を見ていて思い出した。どこかで見たことのある蝶だと思っていたのだが、はっきりしなかった」

「半蔵は因幡鳥取の出だ」

階段を上がる音。お糸が料理を運んでくる。白菜や長葱、椎茸、大根に豆腐と鮭の身、アサリの剥き身を酒粕と味噌仕立てで煮込んだ具だくさんの鍋。寒さも吹き飛ぶほどの湯気が上がっている。七味の風味豊かな香りで頂くと五臓六腑に旨みが染み渡る。

「美味い！」

高見沢が唸る。

「お糸。徳利を二本頼むぞ」

桜井が微笑む。鍋を豪快に食っていた高見沢が箸を止めた。

「腕の良い飾り職人をかっさらうなんぞ贋金作りと相場が決まっている。鳥取藩の出入りの商人を片っ端から調べた方が良いな」

桜井と幸吉は見合って肩をすくめる。

「仰せの通り調べさせていただきましょう。おい高見沢。一人で食い尽くすなよ」

桜井が笑う。

「仕事を早めに切り上げ半蔵と若殿様との接点を調べてみよう。ついでに池田様もな」

「頼むぞ。坂崎。食わぬと無くなるぞ」

「滅多にお目にかかれぬ美味。逃がしてなるものか」

同時に鍋へ箸を入れた三人は見つめ合って吹き出した。

幸之助は上屋敷へ戻ると十兵衛に会いに行く。昭直の側近は、昭直亡き後、上屋敷で仕事をしていた。半蔵のことは新之介も覚之丞も噂には聞いていたと言う。しかし、昭直が注文をしていたことは知らなかった。そして蝶の簪は、門番が「若殿様の奥方様にお届けいただきたい」という言付けと一緒に預かったもので誰が届けたものかも分からなかった。

進展は無しと落胆気味に中奥を歩いていると、照之進が書類を抱えて歩いてきた。少しは仕事をしているようだ。

「久しぶりだな」

幸之助の笑顔に身構える照之進。

「お主、お浜のお目付役だそうだな」

幸之助は一瞬不思議な顔をする。

「十兵衛達から聞いたのだ」

「なるほど。当たらずとも遠からず」

幸之助は照之進を見つめる。

「お浜に要らぬ世話を焼いているそうだな」

「……何のことだ……」

「お浜は御前様が内々に佐野殿へ預けられた女。下手な真似をすると土屋家を追われることにもなりかねぬぞ」

厳しい表情の幸之助に神妙な顔をする照之進。

「やはりお浜は御前様の女か……これは迂闊に近づけぬ」

溜息をもらす幸之助。

「相変わらずだな。お前の頭の中には下世話なことしか詰まっていないのか。少しは真面目に考えよ。いつまでも女の尻を追い回す浮き草ではおじ上もおば上も肩の荷を下ろせまい」

「……親を持ち出すな！」

幸之助は肩をすくめる。

「自分の子を抱いてもらえる親がいるのだぞ。孝行せい」

小さく笑った幸之助の重い表情に何も言い返せない照之進だった。

昭直の側近が二人の関係を知らないとなると鳥取藩の方から調べるしか手はなさそうである。

屋敷に戻った幸之助はお浜が縫った着物に着替えた。

「お浜様のお見立てはさすがでございますね。よくお似合いです」

武次が微笑む。幸之助は袖を通しいささか不思議な思いに囚われていた。お浜はいつ身幅や着丈を測ったのだろうか。着物など誰が仕立てても同じだと思っていたが、どうやら違うようだ。何とも心地の良い着具合だ。

佐野家を訪ねた幸之助に驚くお浜。十日ほど市中と聞いていたはず。五日しか経っていない。

「何かございましたか」

心配顔で幸之助を見つめるお浜。

「お似合いですね」

茶を運んできたこずえが微笑む。

「まこと良い着心地なのだ」

お浜はくすりと笑う。

「母上に無理を言って織りの良いものを選んだ甲斐がありました」

こずえはくすくす笑う。

「お浜さんの仕立ての腕は三国一ですね、きっと。源左衛門様を唸らせましたから」

「器用なだけです。何せ皆さんとは鍛え方が違いますから」

明るく微笑むお浜。

「またそのようなことを仰って！」

呆れているこずえ。二人は見合って笑い出す。お浜とこずえは余程馬が合うようだ。微笑ましい二人の笑顔は心が和む。

「お浜。この前預かった簪の件なのだが、簪職人のことで何か若殿様から聞いてはおらぬか」

「いいえ。簪については何も存じません」

「……あの……」

こずえが恐る恐る幸之助に問いかける。

「半蔵という方のことでしょうか」

幸之助は驚く。

「こずえの知り合いか」

「いいえ。若殿様から伺ったんです」


去年の夏、昭直は佐野の長屋を訪ねようとしていた。こずえは外の掃除をしようと佐野の家を出たところで、佐野の家の様子を窺っている昭直と出会す。

「若殿様！　どうかされましたか」

昭直は決まり悪そうに苦笑した。

「こずえはお浜の好きな花を知っているか」

「花でございますか……お浜さんは何でもお好きかと」

「何でもか……」

「聞いてまいりましょうか」

家へ取って返そうとしているこずえの腕を慌てて掴む。

「いや、良い。お浜を驚かそうと思っているのでな」

不思議そうに見つめているこずえに照れ笑いをする。

「市中で知り合った男が簪職人でな。礼に簪を作るからと言われたのだ。お浜の好きな花を教えてくれと」

「そうでしたか」

「半蔵と申してな、良い若者なのだ。真面目で仕事熱心。簪の腕はおそらく江戸でも屈指であろう」

「あの……お礼というのは……」

昭直は肩をすくめる。

「成り行きで命を救ったのだ」

昭直は上屋敷を歩いていて家臣の雑談を小耳にした。

「若殿様はお浜をどうされるおつもりかのう」

「まあ、若殿様のご命令なれば、本人の意向など関係ないであろう」

「それもそうだ。これで、土屋家も安泰だな」

昭直は絶句した。

十兵衛達が、自分がお浜を側室にといつ言い出すのか、その時期について賭けをしているのは薄々知っていた。上屋敷でも家臣達がこんなことを言っていたとは。

確かに、自分の命令で佐野へ話を持って行ったならば、お浜の思いなど関係なく側に仕えさせることは簡単だ。武家社会では当たり前のこと。誰も文句を言わない。はたして、お浜はそれで幸せなのだろうか。全てではないにしろお浜の市中での暮らしを知っている自分にとって、お浜の笑顔が曇ることだけはしたくない。茶会のあと、こまめに中屋敷へ呼んでいるが、あのこぼれる笑顔が嫌でも命令だから来ているものとも思えない。お浜の本心はどこにあるのだろうか。こんなことを考え巡らし、溜息を漏らしている自分がおかしくもあり、不思議でもあった。

少し前に、女泣かせの四天王と言われている十兵衛達が女の気を惹く手段として簪を贈る話をしていたことを思い出す。

「確か……山下町の銀師だったような……」

最近有名な簪職人だとか、なんだとか。あの頃は全く興味がなかったので、まともに話の内容を聞いてはいなかった。

簪を手渡したならば、お浜はどんな顔をするのだろうか。いろいろと想像をしてみる。男は女で変わると言われるが、まさか自分がこんなにも変わるとは思いもしなかった。苦笑すると上屋敷をあとにする。

山下御門の側、山下町へ出向いた。長屋の路地裏から小競り合いをしている不穏な物音と空気が漂っている。昭直の正義感が当然のように路地裏へ導く。

一人の男を三人が取り囲み脅している。威嚇している一人の手にはドスも見える。

「やめよ」

昭直は声をかける。壁のように大きな昭直の威圧感ある姿。刀の柄に手などかけていないにもかかわらず漂う隙のない殺気。凍り付くような鋭い視線で見据える強面は震え上がるものがある。男達は抵抗することもなく消える。取り囲まれていた男は塀にどっと寄りかかり溜息をつく。

「ありがとうございます」

「怪我はないか」

「はい」

「気をつけよ」

昭直はその場を立ち去ろうとした。男は慌てて呼び止める。

「お茶でも召し上がってください」

すぐ近くの路地を入った長屋へ案内される。仕事場も兼ねた長屋の部屋には色々な道具と細工仕掛けの銀の塊を載せた平机。その側には細かい絵が書き込まれた帳面が開いて置いてある。どうやら簪職人のようだ。昭直は男が茶を入れている間、帳面を覗く。非常に細かい筆遣いで緻密な藤の花が描かれていた。机に載る銀の塊はまさしく絵の姿が写されている最中。その細かい細工に見入る。

「名は何という」

「半蔵です」

「これは見事な出来。この辺りで有名な銀師とは、そちか」

茶を運んできた半蔵は苦笑する。

「有名かは、分かりませんが」

「先程の輩、知り合いと見受けたが」

茶をすすっている昭直の鋭い視線に驚く。

「あいつら自体は知り合いじゃないんですが……」

「訳有りだな」

　頷く半蔵。

　半蔵は因幡鳥取の出で貧乏百姓の倅として生まれた。近くに住んでいた庄屋の娘とは年も同じで遊び友達。半蔵が八つになった暑い夏の日。川遊びをしていた庄屋の娘とその仲良し三人娘。はしゃぎすぎたのか庄屋の娘が深みにはまり溺れる。丁度通りかかった半蔵が助けに川に飛び込むが暴れる娘に引きずり込まれ二人とも水に沈んでしまう。大騒ぎになり救出されるが娘は息が無く、一命を取り留めた半蔵は白い目で見られる。娘を失った庄屋の女将は心痛のあまり病に倒れ娘の後を追うようにして亡くなる。傷心の庄屋は二人の弔いがすむと屋敷を売り払い村を出ていった。娘を助けられなかった半蔵一家は村八分。結局村を離れることになる。放浪の身となった半蔵と両親は大坂へそして江戸へと流れ着く。生活苦に追われ両親は江戸に着いて間もなく他界。食べるものにも事欠き半蔵が行き倒れた店先が銀細工職人達吉の店。世話になった礼も兼ね家の細々した仕事を手伝っているうちに技を覚え、一番弟子へと出世する。三年前、晴れて独り立ち。丁寧な仕事ぶりとその細工の繊細にして華やかな仕上がりが評判となり注文が殺到。半年先まで手が空かない繁盛となった。十日程前、簪を作って欲しいと訪ねてきた親子。父親の顔を見た半蔵は息が止まる思いだった。十五年前に村を出ていった庄屋の勘兵衛だ。勘兵衛もまた子供の頃の面影を残す半蔵に絶句。娘の手を引き慌てて長屋を後にする。ところが昨日になって勘兵衛が長屋へやって来た。昔のことは水に流すからその代わりに一仕事手伝えと。半蔵は断る。そして今日迎えがやって来て無理矢理連れて行かれそうになったのである。

「勘兵衛というのは今何をしている」

「蝋燭を商う燈華堂の主人です」

昭直は肩をすくめる。

「商人は商人らしく商売に身を入れていれば良いのだ。贋金を作ろうなど許し難いな」

半蔵は驚く。勘兵衛から言われた仕事の内容など一言も喋ってはいない。

「腕の良い飾り職人に無理矢理強いることと言えば相場が決まっている。娘の死を盾にその腕を悪用しようなど筋違いも甚だしい。時間があるか。これから行って釘を刺してやろう」

「あの……」

腰を上げた昭直に再び驚く。

「見過ごすわけにはいかぬ」

「……はい……」

半蔵は江戸橋を渡り小舟町へ。店の構えも大きく繁盛しているのは誰の目にも明らかな燈華堂。昭直の同伴で暖簾を潜った半蔵に主人勘兵衛は棒立ち。

「主人。ちと、話しがあるのだがな」

昭直の鋭い視線に尻込みした勘兵衛は二人を奥座敷へ通した。

「今後半蔵には一切手出しをするな。半蔵の身に何かあらば犯人はお主と断定して町方にしょっ引いてもらう。良いな」

「……お武家様……一体何のお話しだか……」

しらを切る勘兵衛の胸ぐらを掴み昭直が睨む。

「贋金作りを企んだことは内密にしておいてやろうと言っているのだぞ。それともこの場で叩き斬ってほしいか」

にやりと冷ややかに微笑んだ昭直は勘兵衛を突き放すとすかさず刀を抜き切っ先を目の前に突き出していた。顔の血の気が引き脂汗を流す勘兵衛。

「返答は！」

少しでも動けば銀鋭が眉間に突き刺さるだろう。勘兵衛は声にならない声で承知する。

「商談成立だ」

昭直は剣を納めると半蔵の背中を促し店を出る。

「これでしばらくは大人しくしているであろう。三日後にまた顔を出そう」

昭直は半蔵の肩を叩くと歩き出す。お浜の簪の注文はほとぼりが冷めてからの方が良さそうだ。半蔵は昭直を慌てて追いかけた。

「お名前を！」

半蔵はすがるように昭直を見つめた。

「土屋主計と申す」

「……土屋様……もしやご老中の」

昭直は苦笑した。裃の家紋で分かったようだ。

「親父殿は親父殿。私とは本来なにも関係ないのだがな」

半蔵は嬉しそうに微笑むと深々と頭を下げる。

「本当にありがとうございました。あの、お礼に奥方様に簪をお作りしたいのですが、お好きな花をお教えいただけますか」

昭直は再び苦笑いをする。なんとも期を照らした話しか。そして簪には好きな花が必要なのかとこれも苦笑するしかない。

「すまぬ。それも三日後に」

ぽかんとしている半蔵に背を向け昭直は辰ノ口の上屋敷へ戻ることにしたのである。

こずえがくすくす笑う。

「若殿様は御前様とよく似ていらっしゃいますね。曲がったことがお嫌いで」

昭直は笑う。

「大廉恥(れんち)に小廉恥か。血は争えぬのだな」

照れ笑いをする昭直はそのまま神田浜町の中屋敷へと帰っていった。

こずえの話しを聞きながら幸之助は肩をすくめる。

「若殿様の監視が無くなったので勘兵衛が動き出したということか。早速桜井殿に知らせねばなるまいな」

お浜が幸之助を見つめる。

「どうして蝶の簪なのでしょう」

「おそらく若殿様は約束通りこまめに半蔵の様子を見に行かれた。ところがぷつりと足が途絶えた。風の便りで若殿様の亡くなられたことを知ったのかもしれぬ。自分の身が危ないことは一目瞭然。悪事が露見しなければ半蔵は飼い殺しだ。そこで自分と勘兵衛の出身である因幡鳥取藩の家紋を細工した。そこから何かが繋がればと考えたのであろう。簪ならば気づかれる確率も低くなる。監視役がいたならば尚のこと。蝶の簪は珍しい物ではないからな。鳥取藩を直接結びつけるのは難しい」

物事を的確に分析し思考する幸之助の静かだが鋭い表情を見つめてお浜は微笑む。

「ご無理をなさらないでくださいませ」

「案ずるな。情報提供のみだ。植木の手入れはあと三日で終わる」

「はい」

お浜とこずえは幸之助を見送った。

夕闇に包まれた八丁堀へ急ぐ幸吉。桜井の役宅を訪ねたが不在。ならば喜楽か。店の前まで来て足が止まる。暖簾が出ていない。しかし店の中は明るく人の気配もある。幸吉は戸を開けた。客のいない静かな店の中に舞い飛ぶ蝶の群れ。いや、高見沢の背中。淡い緑色の地に銀糸で描かれた大小の蝶。豪華絢爛な着物を黒い兵児帯（へこ）で粋に着こなす様は、惚れ惚れする美しさ。

気配に振り向く高見沢。

「その顔はなんぞ土産があるといったところか」

「丁度良い。玄兵衛もう一人前追加だ」

高見沢の背中から桜井が板場に声をかける。

「今、桜井殿の役宅へ顔を出したのだが……」

桜井は苦笑する。

「厄介なものが手に入ってな。今日は極秘の宴だ」

「真面目なさくら殿に知られるとまずいのでな」

幸吉は首を捻る。そのうち熱々の湯気を上げた鍋が運ばれる。ぶつ切りの長葱に豆腐と肉。幸吉は目を見張る。

「……鴨ではないか！」

桜井が肩をすくめた。

「目黒の猟師が誤って撃ち落としたのだ。死んでお詫びをすると大騒ぎを起こしそうだったので内々に頂戴してきたのよ」

幸吉は大きな溜息をつく。

「人の命よりも鴨の方が重いのだからな世も末だ」

「お世継ぎが生まれなければもっと厳しくなるのかもしれぬな。そのうち鼠や蠅も殺生無用なんぞとお沙汰が出るのか。冗談ではない」

高見沢は酒をあおる。

「料理するものが無くなりますな」

玄兵衛も苦笑した。幸吉は鴨鍋をつつく。

「なんとも言えぬこの脂。美味いの一言だ」

醤油の塩見と絡む鴨の脂は、コクがあるがしつこくはない。歯ごたえのある肉の旨みもさることながら、軟らかくなった長葱にしみこんだ鴨脂は絶品。鉄砲になる長葱に注意しながら噛みしめるとじわりとあふれる甘みと旨み。全ての旨みを抱え込んだ熱々の豆腐は、冬ゆえの究極の味わい。

「……ううぅん。いつもながら、玄兵衛、絶品！」

幸吉の向かいで鍋を食べている高見沢が唸る。

「この季節だからこその馳走だな」

桜井が嬉しそうに微笑む。

鍋を囲みながら幸吉はこずえから聞いた半蔵の話しをする。

「燈華堂か。蝋燭では江戸一番の大店だな。商いは順調のはず。黒幕有りか」

桜井は溜息をつく。

「それにしても、大名の若殿様とは思えぬ行動だな」

高見沢の言葉に幸吉は悲しく微笑む。

「市中の民の生活を知るは国を治める者の務めとよく出歩かれていた。善悪を貫き通す堅いお方でな。剣の腕もすこぶるたったのでよく仲裁に入っていたと聞いたことがある。型破りであったことは確かだ」

「お浜との出会いも、そんな市中歩きの一駒だったのかもしれんな」

高見沢が遠くを見つめてつぶやいた。

「まさにその通り。佐平太の放った刺客からお浜を救ってくださったのだから」

桜井も昔のことを思い出し遠い目をする。

「良い殿様になれただろうにな」

高見沢の言葉に沈痛な表情を見せる幸吉。

「すまぬ。余計なことを申した」

苦笑する高見沢。

「いや、藩内誰もがそう思っている。とりわけ御前様の気落ちは計り知れなくてな。跡目など要らぬとポロリと仰った。水戸家には申し訳ないが、当藩にとっては大きな痛手。若殿様ほどの人材はそうはいない。今となっては無い物ねだりだが」

「熱燗です。若殿様に献杯を」

四人は静かに杯を掲げた。

四方山話に花が咲き、鴨鍋も空になる。

「玄兵衛さんの料理はまこと美味い。二人がうらやましい限りだ」

「暇を見つけて顔を出せ。いつでも話し相手になってやるぞ」

高見沢がうれしそうに笑う。

「承知した。仕事をなるべく早く片づけて寄れるように努めるかな」

幸吉の笑顔に桜井が笑う。

「むやみに枝を切り落とさぬようにな」

「丸坊主が一番早いってか」

幸吉は爆笑すると腰を上げた。

「後の探索はお任せする」

「承知」

三人は喜楽を後にする。


翌日早速桜井は目明かし下っ引を総動員して燈華堂を調べさせる。出入りの商人から品物を納入している相手先まで。そして半蔵の居所も。

夕方になり勘兵衛が駕籠で出かけるという知らせが届く。桜井は駕籠を付けた。延々揺られて辿り着いたのは吉原。勘兵衛が入っていった揚屋に聞き込む。宴席の客は紀伊国屋文左衛門だという。桜井は待つ。文左衛門が揚屋を出たところで腕を掴まえた。

「な……なんですねん！」

驚いた文左衛門が見上げた顔は厳しい表情の桜井。

「……桜井様やおまへんか。驚かさんといとくれやす」

「聞きたいことがある」

相変わらずの怖い顔。

「ただ事とちゃいますな」

「当たり前だ。でなければ、こんなところまで出向かぬ」

文左衛門は肩をすくめた。

「ほな、一杯やりに戻りまひょか」

くるりと店に向きを変えた文左衛門の肩を荒々しく掴む桜井。

「冗談も大概にせい！」

「はいはい」

二人は山谷堀へ。文左衛門が待たせてあった猪牙舟（ちょきぶね）に乗り込み八丁堀へ向かう。

「紀伊国屋。お主が贋金作りの黒幕ではあるまいな」

「……はあ？」

文左衛門は素っ頓狂な声を発した。鬼のような形相で自分を睨んでいる桜井に大笑い。

「わては商人でっせ。銭が欲しければ儲けますがな。贋金なんぞ作ったかて、なあんの得にもならしまへん」

桜井は肩をすくめる。

「ま、当然の返答だな。すんなり真実を語るとは思っておらぬ」

文左衛門はむすっと桜井を見据えた。

「いい加減にしとくんなはれ。わては天下の紀文。商いに綺麗汚いはつきもんですが、贋金作りなんぞとそこまで腐った外道とちゃいますが……な……」

目をぱちくりさせながら桜井に詰め寄る。

「……燈華堂はん……でっか？」

「そんなところだ。何か心当たりはないか」

文左衛門は腕組みをする。

「江戸で蝋燭と言えば燈華堂というほど有名やさかい、出入りの顔はお大名から大店まで数知れず」

「こら。通り一遍の話しなど聴きたくはない。今日は燈華堂と何のための顔合わせだ」

相変わらず鋭い視線で睨んでいる桜井に大笑いをする。

「月に五十本から蝋燭を仕入れるわては燈華堂はんの極上の得意先。半年にいっぺんくらいご招待に預かっても罰は当たりまへんやろ」

からからと笑う文左衛門をあんぐりと見つめる桜井。

蝋燭は炎が均一でとても明るい。行灯に普段使う鰯油は安価だが臭い上に明るさも出ない。とは言え、毎日使うものなので、贅沢を言えたものではないため仕方がない。

蝋燭は夜書物を読むにはとても良い。しかし何せ高価。大切に大切に灯して使う。上手に使えば一本で半年は保つ。その蝋燭を月に五十本とは恐れ入った。

「そう言えば、半年前の吉原遊びには水戸藩と鳥取藩のお侍様がお見えでしたな」

桜井は考え込む。やはり鳥取藩池田家には何かありそうだ。

「ああっ！」

文左衛門が大声を上げる。

「なんだ。脅かすな」

「そうや。なんだかどうもすっきりしなかったのはそれですわ」

膝頭を叩いてにっこり笑う文左衛門。

「長崎喜神が密かに接待していたお侍様は形相こそえらく違うとりましたが初対面やない気がしてたんですわ。燈華堂はんの接待の時や。阿部様がいたんですわ、半年前の吉原遊びに」

　桜井は小さく笑う。

「これで納得がいった。襖をちらりと開けただけでどうしてお主の人相が判明したのか合点がいかなかった。まあ、紀伊国屋文左衛門と問えば商人には面が割れていようし、事前にお前さんの顔を刺客に確認させていたのであろうとは思っていたが、阿部殿が文左衛門を知っていたのなら、お前さんの特定は容易かったであろうな。それにしても跡目争いの次は贋金作りか。水戸様はどうなっているのやら」

「阿部様はご老公様がご成敗されはったんですやろ。頼常様を強引に藩主に据えようとしていた阿部様方には相当の金が要りますよってにな。極上の贋金にならら手を出したかもしれしまへん。でも、その夢は阿部様共々露と消えた。綱条様には無理矢理捻り出さなあかん銭なんぞ必要ないんとちゃいますやろか。今、銭が欲しいんは鳥取藩のほうですやろ」

　水面を見つめつぶやく文左衛門に大笑いをする桜井。

「お主、本当に商人か」

「……はあ?」

　ぽかんと桜井を見つめる間抜けな文左衛門の顔。

「鋭い読みをするではないか」

　やっと笑顔になった桜井。文左衛門はくすくす笑う。

「幸吉はん……坂崎様にいろいろ調べろと言われますさかい、いやでも勘が鋭くなりますわ」

桜井は肩をすくめた。

「阿部殿は燈華堂が目を付けた半蔵に贋小判を作らせようとした。ところが土屋の若殿様が燈華堂の悪事に釘を刺した。阿部殿は焦ったのではないかな。若殿様の死は水戸藩にとってこれ以上ない幸いだったのかもしれぬな」

桜井の重い声が木枯らしに流される。舟が文左衛門の屋敷脇に泊まる。するとそこには幸吉の姿。

「どうした取り合わせだ。桜井殿が吉原の供か」

幸吉はけたけた笑った。

「お主こそどうした」

「燈華堂のことなら文左衛門に聞くのが一番てっとり早いと思ったのだ。まさか渦中の人と酒宴とは世の中狭いな」

「悪いことはでけしまへん。怖い怖い」

文左衛門が肩をすくめ歩き出す。

「どうです一献」

振り返りながら猪口を空ける仕草をした。

「いや。今度ゆっくり馳走になろう」

「ほな、次回に」

文左衛門は屋敷へ帰っていった。

桜井は幸吉に付いて来いと目配せをし歩き出す。

「半年前、水戸藩の阿部と鳥取藩の誰かが燈華堂の宴席に居合わせていたそうだ」

「なるほど。頼常様擁立の軍資金と領地替えで藩の財政が苦しい鳥取藩が贋金で急場を凌ぐつもりだったのか。武士も地に落ちたな。暗くなる」

言葉を吐き捨てる幸吉に桜井は苦笑する。

「天下太平とは武士にとって住み難い時代なのかもしれぬな」

「皮肉なものだな」

「そう腐るな。燈華堂の店にも渋谷の作業場にも半蔵の姿は見当たらない。どこか別の場所で囚われているようなのだ。こちらはその場所を探ろう」

「私は池田家の方を調べてみよう」

幸吉は翌日上屋敷へ戻り水戸藩へ。上屋敷の門番に綱条殿への目通りを願い出ようとして肩を叩かれる。

「佐々殿」

「何用です」

微笑む介三郎。

「ちと、申し上げにくいのだが……」

苦笑する幸之助。

「入られよ」

通された奥には光圀がいた。

「ご無沙汰いたしております」

深々と頭を下げる幸之助。

「政直殿はお元気か」

「はい。ご心配には及びませぬ。どうかお気になさいませぬよう」

「そう簡単には割り切れぬ。昭直殿の人と形をよく存じておるゆえな。政直殿のご落胆ご心痛はいかばかりかと」

「ご老公様。若殿様の件は確かに御前にも我が藩にも大きな痛手です。ただ、御前は長年の心の重荷を下ろせたと申しております。お浜がどう受け入れてくれるかは分かりませんが、御前はどんなに恨まれても真実を告げられたことにほっとしておいでです。悪いことばかりではないと信じております」

静かに微笑む幸之助。光圀は苦笑する。

「そなたの大きさには感服だ。政直殿は良き家臣に恵まれ幸せよのう」

「恐れ入ります」

「で、今日は何かな」

幸之助は燈華堂の話しをし、阿部が懇意にしていた鳥取藩の人間を知らないかと切り出す。光圀は笑い出した。

「阿部と鳥取藩の江戸家老間宮殿は義兄弟。奥方が姉妹じゃ」

光圀は天井を見上げる。

「昭直殿は阿部の謀反を茶会以前に封じたことになるのであろう。ご本人も知らぬ間に。なんともやりきれぬ因果じゃな」

「人と人との関わりとはとても不可思議でございます。ご縁があればこそ私如きがこうしてご老公様ともお話しができます。泣くことも笑うこともみな出会の妙。そんな出会こそが人生の醍醐味かと」

「一期一会か。お浜も然りかのう」

静かに頷く幸之助。

「私の生涯で、これ以上辛く重いそしてかけがえのない出会はないかと思っております」

「わしを前に惚気おって」

光圀は笑う。

「暖かくなったら国許へ戻る。その前にお浜の顔を見たいものだな」

「お浜に茶を点てさせましょう」

「それは楽しみ。期待しておりますぞ」

幸之助は礼を言って水戸家を後にする。自分が池田家へ忍び入っても顔を知らない間宮を捜し出すのは容易ではない。ここは燈華堂に張り付いている町方に任せるに限る。

二日間は植木の手入れで忙しかった。やっとめどが付いたので、夕日が染める八丁堀の喜楽へ幸吉は向かった。暖簾を潜ると銀糸の輝く蝶をまとった高見沢が杯を傾けていた。二人が飲み始めてしばらくすると桜井が顔を見せる。

「やはりいたな」

幸吉を見つめて笑う桜井。

「お主の鼻は犬以上だな。燈華堂が動いたぞ」

高見沢が刀を腰に差し立ち上がる。

「お気をつけて」

玄兵衛が板場から提灯を手に出で来ると桜井に渡し、頭を下げる。

「燈華堂のお相手は誰だ」

北風に肩をすぼめながら高見沢が幸吉に尋ねる。

「筆頭江戸家老間宮殿」

「阿部とは血縁といったところか」

幸吉は肩をすくめる。毎度のことながら桜井の鋭さには驚かされる。

「奥方が姉妹だそうな」

「三十二万石の池田家の名が泣くな」

高見沢が星の瞬きだした空を見上げた。

「私腹を肥やすためなら笑えようが、藩のためと言うならば救いがたい思議。武士の本分とは一体何なのか腹が立つ」

桜井の厳しい言葉が帳の下りた街に響く。繋ぎの下っ引達が次々と集まってくる。一行は品川方面へ進む。家が消え田畑が続く寂しい場所。目明かしの熊治郎が駆け寄る。

「桜井様。この藪を越えたところにある古びた農家です」

今は使われていないのか屋根の萱が一部崩れ、壁板が所々朽ちている。その前に大層な駕籠と辻駕籠が並んでいた。見張りも無くやけに静かだ。高見沢がおもむろに懐から腕を袖に通し熊治郎を見やる。

「先程の十字路でお侍様の駕籠と鉢合わせをしちまって……とんだへまを」

仏の熊は申し訳なさそうに頭を下げた。

「それにしても、こんな廃墟で贋金作りか？」

高見沢は首をひねる。

「確かに、何やら違う匂いがするな。供は何人いた」

「五人でした」

「五人か。ま、体を温めるにはいい人数だな」

「桜井様……」

熊治郎の心配顔に小さく笑う桜井。

「案ずるな。今日は使い手が一人多いゆえな」

桜井は幸吉に視線を移し微笑み、提灯の火を吹き消す。

「私が表の入口で何人か足止めしよう。二人は裏へ」

「承知した」

桜井と高見沢は裏へ回る。幸吉は仏の熊を見つめた。

「親分。私と来てくれぬか」

「……はあ……」

幸吉は熊治郎を伴い建物に近づく。入口の側に薪が積んであった。藁で束ねられた塊を両手に持つ。

「合図をしたらこの薪を盛大に崩してくれ」

「それだけでいいんで？」

「良いぞ」

幸吉はにっこり笑う。薪の束を両手に持ちながら気配を消さずに戸口に近づく。ついでに壁板を背中でこする。中の殺気が動く。どうやら自分の動きに気づいたようだ。鯉口を切る音五つ。幸吉はにやりと笑い戸口のすぐ前に立つ。熊治郎を振り返る。

「良いぞ」

薪ががらがらと崩れ落ちた。次の瞬間、幸吉は手にした薪の束を戸口に押しつける。

「今だ！」

叫ぶと同時に飛び退いた。

桜井と高見沢は裏の戸を開け建家に入る。燈華堂と間宮は裏からの侵入者におろおろする。

「……か……加藤……森……何をしている！」

戸を貫き薪に刺った刃先はなかなか抜けない。

「あやつ考えたな」

桜井と高見沢は吹く。あたふたする侍達を尻目に桜井と高見沢は燈華堂と間宮に刀の刃先を突き付けた。

「半蔵はどこだ」

桜井の鋭い視線に燈華堂は縮み上がり家の奥を指差す。柱に鎖で繋がれ倒れている人影が見える。桜井は駆け寄った。息はあるが衰弱している。どうやらものも食べずに抵抗したようだ。

「熊治郎。すぐ医者のところへ連れて行け」

半蔵を熊治郎に任せ、桜井は高見沢に睨まれている燈華堂と間宮を見据えた。

裏口から駆け込んできた幸吉は間宮の前につかつかと進む。

「鳥取藩江戸家老ともあろうお方の、なされることか」

「無礼者。私は町方の詮議など受けぬわ」

幸吉は刀を抜こうとした間宮の手首を掴まえる。

「この期に及んでお見苦しいですぞ。私は老中土屋相模守用人坂崎幸之助。今回の一件、事と次第によっては大目付に言上いたす。覚悟されよ」

「ご……ご老中……相模守様のご側近……」

青ざめた間宮はその場にへたり込む。

「……我が藩の財政まことに厳しく参勤の資金工面もままならぬ有様。御前に恥をかかせるわけにもいかず苦し紛れに燈華堂の……いや、阿部殿の誘いに乗ってしまった。魔が差したとはいえ、とんでもないことをしでかすところであった。今回の件、私ひとりの考え。どうか藩に、御前には罪が及びませぬようお取り計らいをお願いいいたしたい」

幸吉に力無く土下座をする哀れなまでに情けない間宮。燈華堂が慌てて間宮の横に土下座する。

「申し訳ありません。私が口を滑らせたばかりにとんでもないことになってしまい……間宮様はけっして悪事に手を染めてはいらっしゃいません」

真剣に訴える燈華堂の瞳を見つめ桜井は刀を納める。

「何があったか申してみよ」

「私が半蔵の仕事場へ娘と行った日、店に戻りましたら、水戸家の阿部様が丁度お越しで、私の暗い顔の理由を尋ねられ、昔の話しを……」

「燈華堂。その飾り職人に小判を彫らせよ。お前の無念も晴れよう」

からから笑う阿部に驚く。

「阿部様……」

「わしには金が入り用でな。それだけの腕ならば二枚を三枚にしても分からんであろう。良いか、連れて参れよ」

ところが半蔵は昭直とやって来た。要らぬ横槍が入り阿部は諦める。しかし、半蔵を連れてくるようにと声をかけたちんぴらの方が悪事の上手だった。贋金作りの計画をどこからか嗅ぎ付け燈華堂と間宮を脅し、半蔵を連れ去り、本物の金の要求をしてきたのである。

「今日、ここで落ち合うことになっておりましたが……」

「そいつらの名は」

「本所の政という者です」

高見沢が笑い出す。桜井は大きな溜息をつく。

するると外で大きな声が飛んだ。

「役者が揃っているようだな」

「戸口に薪の束なんぞばらまきやがって」

「誰が散らかしたんだか。どけろ」

　薪をどける音。戸を荒々しくぶち破り、図体の大きな雲助が刃物や手鎖を持って十人も入ってくる。

雲助の後ろから浅黒い顔に細い鋭い目をした大男が入ってくる。

「なんだ。八丁堀がすでに嗅ぎつけたのか。一足遅かったな」

「政。おまえが贋金作りに加担するとはな」

「旦那。本所の政を見くびってもらっちゃあ困るね。半蔵のことは俺だって知ってらあな。侍と商人がつるんで人さらいだと。おまけにピカイチの腕を持つ簪職人をだ。何したいかなんて見え見えだろうが」

　お説ご尤もだ。

「半蔵に贋小判なんぞ作られた日にゃあ、見分けつかなくて困るのはこちとらよ。だから侍と商人に脅しをかけたってわけだ」

「半蔵は飲まず食わずだったぞ」

　政は肩をすくめフンと鼻を鳴らす。

「強情っ張りなんだよ。俺の差し入れなんぞ食うくらいなら死んだ方がましだと抜かしやがった。あの馬鹿」

　桜井はくすりと笑う。半蔵の繋がれていた場所には幾つもの握り飯が、おそらく毎日運ばれたのであろう干からび具合の違うものが転がっていた。

「ま、掠ってきた奴の出す差し入れを用心もなく食うあほがいたら見てみたいものだ」

政は再びフンと鼻を鳴らす。

「八丁堀に先を越されちゃあ仕方あるまい。野郎ども帰るぞ」

本所の政は雲助を連れて帰って行く。

「燈華堂。悪事ってえものはな、とことん極めぬと裏をかかれるのだぞ。ど素人が人さらいを本所の政に頼むなんぞ正気の沙汰ではないわ。身代丸ごとしゃぶり尽くされる。これに懲りて真っ当に商いに精進するんだな」

「……旦那……」

「さて。帰るか」

桜井は燈華堂に背を向け歩き出す。

燈華堂はあわてて桜井を呼び止める。

「旦那。お咎めは……」

桜井は肩をすくめる。

「贋金が作られたわけでもなし。幸い半蔵も死んではおらぬ。第一、半蔵を掠ったのは本所の政。お前さんは脅されて金子を用意しただけではないか。政が静かに帰って行った今となっては、何の事件にもなってはいまい。何を咎める」

「……しかし……」

「燈華堂。紀伊国屋がお前の店の蝋燭を贔屓にしている理由が何だか分かるか」

燈華堂は分からぬといった顔で桜井を見つめ返す。

「あやつは根っからの商人。お大尽遊びもするが物の善し悪しを見極める目だけは確かだ。違うか」

燈華堂はがくりと膝を落とす。

「間宮殿。藩の財政難はどこも似たり寄ったりだ。ましてや鳥取藩は領地替えでさぞ大変であろうことは私にも充分理解できる。したが小判一枚を二枚にしても価値は同じ。小判そのものを産むことをお考えあれ。まずはお膝元にて」

間宮は幸吉を見上げた。

「国許……」

「そうでござる。国許が豊かにならずば藩は成り立たぬ。田畑の見直し、産物の推奨。手直しできることは何でもやる。御前の体裁も大切であろうが家臣を養うは藩主の責務。伯耆守殿に藩の内情をお話しするが先決ですぞ」

幸吉の言葉に間宮は両手を突いて頭を下げた。

「目が覚めました。藩政の原点を見失い贋金などと何たる体たらく。坂崎殿のお言葉肝に銘じまする」

桜井達は農家を後にする。

「老中の腹心、坂崎幸之助か」

桜井は笑った。

「鬼の桜井の仏の采配。お主がいればこその南町だな」

その時である「間宮様」という悲鳴が建家から響いた。三人は踵を返す。

間宮は詰め腹を切ったのである。

「何たること！」

幸吉は特大の溜息をつく。

「間宮殿！」

幸吉は間宮に駆け寄る。

「これでは、私が出向いた意味が無い。どうして……」

「……加藤……森……坂崎殿の言葉……努々（ゆめゆめ）忘れることなく藩政に生かしてくれ……」

間宮は苦しい息の中、幸吉を見上げた。

「……これで私の面目も立ちまする……少なくとも御前の名に傷はつかぬかと……あの世で……阿部殿に説教ができまする……」

ふっと笑顔を見せ息絶える。

無言のまま、喜楽へと帰路をとり歩く三人の頭上には星が綺麗に瞬いている。昇り始めた月に向かって星が一筋静かに流れて消えて行く。

第弐話　相違

弥生、そよ風、ぽかぽか陽気。すみれ、たんぽぽ、れんげ草。雲雀、鶯、雀の子。めだか、田螺にヤゴ、たがめ。小川や田畑を覗いては大はしゃぎする子供達。のどかなりし江戸の春。

和田倉御門辰ノ口にある老中土屋相模守の上屋敷。重厚な門の前に佇む男は簪職人の半蔵。恐る恐る門番に声をかけた。

「入れ」

潜り戸から中へ。侍が先導して歩く。二人の行き先は幸之助の屋敷。

「飯田でございます。お話しのありました半蔵という者が参っております」

中から武次が出てくる。

「どうぞ。中へ」

恐縮している半蔵を従え武次は奥へと進む。

「殿様。半蔵がまかりこしました」

「通せ」

武次が障子を開けると笑顔の幸之助が座っていた。

「そう畏まるな」

幸之助は手招きをして半蔵を中へ呼ぶ。半蔵は入口の畳にちょこんと座って頭を下げた。

「武次。茶をな」

「はい」

「顔を上げよ」

這いつくばっている半蔵に苦笑する。

「体は大丈夫なのか」

「はい。おかげさまで」

「それは良かった。桜井殿が快復にはかなり時間がかかると申されていたので、心配していた」

「勿体のうございます」

幸之助は小さく微笑む。

「お前さんも存じておるように、若殿様はとても気さくなお人だった。今となってはお前が作ってくれた簪が形見のようなもの。受け取る側もいささか複雑な心境でな」

武次が運んできた茶を恭しく頂き半蔵は構える。

「そのことで、お頼みしたいことがございます」

「ん?」

「若殿様は奥方様ではないと仰ったのですが、おそらく生涯これ以上愛おしいと思える女子は現れぬだろうと、それはそれはお優しい温かな瞳でお話しされました。そして、ご自身は無粋ゆえ花の好みも何も分からぬので適当に見繕えと微笑まれて……強いて言うならばと、春の陽射しのようなお方だと。そのお言葉を頼りに私なりに考えたのですが、作りましたものが果たして良かったのかどうか、不安でなりません。せっかくお渡しするのであれば、不躾とは存じますがご本人を遠くからでも良いので拝見できればと……」

幸之助は笑い出す。

「お前さんの描いた下絵は見せてもらった。あんな細かいものを銀で細工できるのかと驚いた。おそらく勘はずれてはおらぬと思うが、やはり職人。合点がいかぬのならば会うが良い」

「ありがとうございます」

半蔵がにわかに顔をほころばせる。

「武次。佐野殿のところへ行ってくるぞ」

幸之助は半蔵を伴い佐野の長屋へ出向く。途中、裏庭の方から明るい笑い声がする。この声音はどうやらお浜とこずえのようだ。幸之助はそっと覗く。

梅の花に鼻を寄せ香りを楽しんでいるお浜をこずえが笑いながら見守る。

「お浜さん。そろそろ枝をお決めくださいさい」

「う〜ん。この枝も良い香りですね」

けたけた笑うお浜。

「香りにそれほどの違いがありますか」

こずえも花や枝を替えて鼻を寄せくんくん香りを確かめる。

「違いはないと思いますけど」

こずえもくすくす笑う。

「あまり遊んでばかりいると母上に叱られますね」

枝に手をかけたお浜は動きを止めた。隣の梅の木に鶯が遊びに来ている。

「お浜さん。どうされました」

「しっ。鶯が」

お浜はゆっくりと指を差す。枝を飛び移る鶯。その愛らしい仕草にお浜は満面の笑みを湛える。鶯は花をつついて回っていたがしばらくすると飛んでゆく。

「私達も帰りましょう」

お浜が微笑む。

「梅はどうされるのです」

「やめにします」

「お浜さん……」

「鶯の楽しみが減ってしまいますから」

にっこり笑うお浜に肩をすくめる。

「茶席に何を生けられるんですか」

「土筆……ではやはり駄目でしょうかね」

いたずらっ子のように笑っているお浜にこずえも笑い出す。

「土筆なら向こうにありましたから……」

こずえが振り返ったところに幸之助が立っていた。お浜は幸之助に駆け寄る。

「坂崎様。土筆を摘むのを手伝ってくださいませ」

「茶席の花にそう量はいるまい」

お浜は嬉しそうに微笑む。

「鶯、ご覧になられましたか。そろそろ鳴いてくれますでしょうか」

「だいぶ暖かくなったからな、お浜の思いも通じたやもしれぬぞ」

「はい」

お浜は幸之助の後ろにいる男に視線を移した。

「お客様ですか」

「簪職人の半蔵だ」

お浜は一瞬動きが止まる。昭直が生前に助けた人物。職人気質の仕事熱心な真面目な気の漂う男だ。

「簪を届けてくれたのだ」

「そうですか」

お浜は表情を曇らせる。幸之助はお浜の肩を抱き先程こずえが指し示した庭へ歩く。

「まずは喜佐殿の使いを済ませねば。どれほど摘めばよい」

幸之助は足下の土筆を摘むのにしゃがみ込む。ぼうっとしているお浜の手を引き座らせた。

「時間の流れとは怖いもの。どんなに大きな悲しみもいつの間にか薄めてくれる」

沈痛な表情で幸之助を見つめるお浜。

「忘却というものは人間が前へ進むためにはとても重要なことなのかもしれぬな」

「私は若殿様を忘れることなどできません」

両手で顔を覆いわっと泣き出すお浜を幸之助は抱きしめる。

「自分と関わりの無くなった人間を記憶の彼方へ遠ざけることは誰しもが知らぬうちにやっていること。決して悪いことではない。いや、それが当たり前なのかもしれぬ。お浜は幸せだな」

お浜は意味が分からず泣き顔をあげる。

「忙しさに追われ目の前にある今しか見ることのできぬ者には、故人などどうでも良いことだ。そんな了見の狭い心の貧しい者は、結局、自分もいずれは忘れ去られる運命にある。しかし、懐かしむ人が多ければ多いほど、その人は多くの出会いと別れを経験してきた心豊かで強い人間と言える。出会いや別れに涙はつきもの。辛ければ泣けば良い。涙は人を大きくするものだ」

幸之助の優しい言葉にお浜は涙を拭う。一番辛い別れを経験してきたのは幸之助本人だ。

「……申し訳ありません」

お浜はうつむく。

「なにを謝っている」

顔を覗き込んだ幸之助の温かい笑顔にお浜は涙がこぼれた。

「私より坂崎様の方がはるかに辛い思いをされたのに……」

幸之助は静かに微笑むとお浜を抱きしめた。

「そうだな。私はこの上もなく辛い思いをした。流す涙も出ないほどに。だが、お浜が救ってくれた。お浜だから私を救えた。今度は私がお浜の支えになる番だ。気のすむまで泣いてくれ。いつまでも見守るぞ」

「……坂崎様……」

お浜は幸之助の胸に顔を埋め静かに泣いた。

暫くするとお浜は幸之助を見上げ泣き顔で笑う。

「……若殿様に……また……笑われますね。泣いてばかりでは」

幸之助はお浜の肩を抱き優しく微笑む。

「少しは落ち着いたな」

「……はい」

「若殿様のお心を表す簪、喜んで頂戴するのだぞ」

お浜は頷いた。

「ではその前に土筆摘みだ。どれほど入り用だ」

お浜は涙を拭いながら笑いを漏らす。

「お浸しにしますので全部です」

「よし。では残らず摘んでやろう」

こずえの広げる袖に幸之助は土筆を盛っていく。

事の成り行きを呆然と見つめていた半蔵だったが、幸之助の言葉とお浜の笑顔に何故か胸が熱くなる。土筆を大量に収穫し一行は佐野の家へ。喜佐が何事かと唖然とする。お浜は今夜のおかずだと笑う。

「母上。春の味覚。私が料理いたしますからご安心ください」

「茶席の花はどうしました。もう四半刻（約三十分）もすれば皆が集まりますよ」

「生けておきます」

今日は茶の稽古のおさらいを兼ね教え子達の茶会が催されることになっていた。今やお浜は教える身分。床の間に水盤を出し摘んできた土筆とたんぽぽを苔で巻いて剣山に刺す。満たされた水に梅の花を一花浮かべた。

「見事、今の春を切り取ったな」

幸之助が笑う。

「成功ですね」

お浜は微笑む。

「こずえ。お浜は恐ろしいの。一年足らずで茶の湯の侘び寂びまで完全に会得しおった」

「はい。琴以外は全て喜佐様のお墨付きでございます」

「こずえさん。褒めていませんよ」

お浜は花がほころぶように華やかに笑みを湛えた。その輝く明るい笑顔に半蔵は息を呑む。若殿様が自慢された春の陽射しのような女子とは正しくこのこと。なんと心温まる優しい笑みなのだろうか。幸之助は半蔵の肩を叩く。

「間違いは無かったであろう」

幸之助の声に頷く。

「見せてみよ」

「はい」

半蔵が袱紗（ふくさ）を解く。銀色に輝く八重桜の手の込んだ細工。光を受けきらきらと輝く様は春の陽のように暖かく優しく華やかだ。

「大した腕だ」

「なんて綺麗な……」

お浜もこずえも見とれている。

「お浜。挿してみよ」

こずえがお浜の髪に挿す。

「お似合いですね」

お浜は半蔵に深々と頭を下げた。

「ありがとうございます。若殿様の温かいお心と思って一生大切に使わせていただきます」

「そう仰っていただけて、簪も本望です」

「半蔵。その腕、大事にするのだぞ」

「はい」

幸之助は半蔵を呼び寄せる。

「お前が作った蝶の簪。私に売ってくれぬか」

「えっ……あんなものをですか」

「いや。出来はこの簪と違わず見事だと思うが」

半蔵は照れ笑いをする。

「……はい……確かに。あれにはあっしの必死な思いを込めましたから。おそらく数少ない会心の作かと」

「では尚のことだ」

「……はあ……でも……」

半蔵はお浜を見やる。そうこうしていると喜佐の教え子達がやって来る。

「お浜。また夕方、顔を出す」

「はい。土筆をご用意いたしておきます」

幸之助と半蔵は佐野の家を後にする。

「十両ならば足りるか」

半蔵は驚く。

「そんな滅相もない」

「いい値を申せ」

「一両で十分でございます」

幸之助は懐から五両を出し半蔵に手渡した。

「坂崎様！」

「若殿様への恩返しとはいえ材料も手間もかかったであろう。二つの簪、これでは足りるはずもないが、お前の心も無にはできぬ」

「坂崎様……」

「金は邪魔にはならぬ。受け取ってくれ。そのかわり無理を言ってすまぬが、蝶の簪、暮六ツ（午後六時頃）までに届けてくれぬか。私の家の者に預けて欲しい」

半蔵は深々と頭を下げる。

「では遠慮なく頂戴いたします。簪は間違いなくお届けに上がります」

「頼むぞ」

半蔵は土屋家の屋敷を後にする。向かう先は南町奉行所。門番に桜井に目通りしたいと声をかけた。丁度居合わせた桜井はおもむろに門へ出て来る。

「届けたか」

「はい」

「お浜は驚いたであろう」

半蔵は屋敷での出来事を掻い摘んで話した。桜井は静かに微笑む。

「忘却か。あやつもお浜と出会って一つ大きくなったということであろうな」

両親と妹を殺した銀夜叉の蝦蔵を手に掛けた時の幸之助は、復讐にしか生きる術を見いだせない哀れなほど悲しい姿をしていた。お浜が後を追って自害するのを止めていなければおそらく生きることの全てを呪って果てていたであろう。その幸之助がお浜に若殿様の死を受け入れるよう説得するとはなんとも微笑ましいことか。

「……あの……それで……坂崎様が蝶の簪を買いたいと仰られましたので、売ってしまいました。暮六ツまでに届けなければならないのですが」

「蝶の簪を坂崎がか？」

「……ええ……はい。お浜様は蝶がお嫌いなのでは……」

桜井は肩をすくめる。

「何か考えがあるのであろう。ちょいと待っててくれ」

桜井は中へ引っ込む。しばらくして袱紗を手に戻ってくる。

「では確かに返したぞ」

「ありがとうございます」

「達者でな」

「はい」

半蔵は何度もお辞儀をして奉行所を後にした。

幸之助は帳の下りた屋敷内を佐野の家に向かって歩いていた。懐には蝶の簪。

「茶会はどうであった」

いつもと変わらぬ穏やかな笑顔で出迎えるお浜。

「はい。楽しかったです」

「花は好評であったろう」

「子供達が喜んでくれました」

こずえが酒と土筆のお浸しを運んでくる。

「こずえ。座ってくれぬか」

「はい」

幸之助が懐から取り出した袱紗を手の上で解くと蝶の簪が現れる。

「簪の一つも無いのではせっかくの髪も寂しいからな」

躊躇するこずえ。

「坂崎様。私には……」

「褒美だ」

「……褒美……でございますか？」

お浜は幸之助の手にある簪を、ぽかんと宙を見つめているこずえの髪に挿す。

「半蔵さんは本当に良い腕をしているのですね。行灯の明かりでもこんなにきらきらと輝いて。とっても綺麗。こずえさん、似合いますよ」

お浜はこずえに微笑む。こずえはどうしたらよいのかと戸惑うばかり。

「今回の一件、解決の糸口を見つけてくれたのはこずえだ。半蔵と若殿様の接点が見つからなければ今頃半蔵は冷たくなっていたであろう。半蔵の命を救ったのだから褒美が出ても何の不思議も無い」

「……しかし……」

「こずえはお浜同様私の家族だ。遠慮は要らぬ受け取ってくれ」

温かい幸之助の言葉に深々と頭を下げるこずえ。

「ありがとうございます。お言葉に甘えて頂戴いたします」

こずえは静かに部屋を出て行く。

土筆をつまみながらお浜の酌で酒を飲む。

「桜が咲いたら南麻布の下屋敷で茶会を開きたいのだ。手前を引き受けてくれるか」

「はい。私でよろしいのであれば」

「ご老公様がお国許へ帰られるそうで、その前にお浜の顔を見ておきたいと仰っているのだ」

「では、何が何でも点てなければなりませんね」

「そうだな。これからはそうそうお会いできまいからな」

茶会の前日、準備もあるのでお浜とこずえは下屋敷へ出かけた。外出する二人の姿を見かけた照之進が後を付ける。下屋敷の門番に微笑えみお浜達は中へ消えた。すぐ後から入るのも気が引ける。時間を潰していると肩を叩かれた。

「何をしているのだ」

十兵衛だ。

「お浜が入っていったのだ」

大きな溜息をもらす十兵衛。女の尻ばかり追いかけて本当に呆れる。これで仕事の手が遅かったならばとっくに藩を追い出されていようが、何せ計算、算術の技術だけは右に出る者がいない。重箱の隅を突つくようだと言われる藩一のうるさ型勘定方の重鎮佐野が自分の後任にと推奨する才能。これからの藩の財政を担う貴重な人材なのだから、多少の遊びは大目に見るしかないのかもしれない。

「明日。茶会が催されるのだ。その準備。お主も手伝うか」

「とんでもない」

否定したものの気にはなる。

「やせ我慢をするな」

十兵衛は照之進の肩を抱き潜り戸を通る。お浜と顔を合わせるのはさすがに気まずい。屋敷の中奥の一室で大人しくしている。そのうち日が落ちる。十兵衛が食事の支度ができたと声をかけた。台所方の者が膳を二人分運んでくる。

「明日、誰が来るのだ」

「私にも分からん」

照之進は食事と一緒に運ばれた酒を立て続けに飲み干す。布団に入り一眠り。四ツ（午後十時頃）の鐘が鳴り響く。

「十兵衛。起きているか」

「ああ」

返答があったので照之進は苦笑する。

「ちょっと出かけてくる」

十兵衛は肩をすくめる。お浜に夜這いをかけるつもりらしい。どこまで好き者なのだろうか。しかし今宵ならば首尾よく行くであろう。

「では一緒に出かけるか」

照之進は目を剥く。

「冗談ではない。お前と一緒にお浜を抱く気はないぞ」

十兵衛は起き出す。

「誰がお浜を相手にすると言った。私の相手はこずえだ」

十兵衛は不敵に笑うと廊下へ出て行く。

照之進は一瞬体が硬直した。何故だか分からないが心に陰が過ぎる。ぼうっとしている照之進を障子越しに覗き「おいて行くぞ」と小声で呼びかける。照之進は慌てて部屋を出る。

朧(おぼろ)な月が温んだ空気に浮かんでいる穏やかな夜。遠くで梟が鳴いている。

下屋敷は奥との境に扉があるわけでも奥女中が構えているわけでもない。廊下伝いに勝手に入り込めるのがありがたい。二人は静まり返った奥へ忍び足で進んだ。部屋の障子を少しだけ開け中の様子を窺う。誰もいない。三回目で大当たり。お浜とこずえが寝ている。二人は部屋へ静かに入る。照之進がお浜の布団に十兵衛がこずえの布団に手をかけようとした時だった。照之進の目の前に刀の切っ先がぎらつく。息を呑み見上げたところにあったのは眼光鋭く自分を睨み付けている幸之助の顔。

「こんなことであろうと思っていたわ。情けないぞ照之進、十兵衛」

二人は見合ってあたふたする。

「この場で斬り捨てても良いのだぞ」

幸之助は厳しく言い捨てて刀を構える。照之進は開き直ったように大きな溜息をもらすと幸之助を見つめる。

「私も武士。潔く斬られよう」

「照之進！」

十兵衛は驚く。息巻いている照之進に幸之助は溜息をつく。

「照之進。少しは素直になれ。こずえは出来たよい女だぞ」

「そんなことは分かっている」

「ならば何故、そう意固地になる」

「気に食わぬのだ。誰もがこずえを褒めることに。俺には過ぎた女だと口を揃えて言い放つ。こずえはそんな褒め言葉を涼しい顔で受け流す。まるで俺をあざけり笑うようにだ。こずえの取り澄ました笑顔が気に食わぬ」

幸之助は笑い出した。

「どこまで子供なのか。お笑いだ」

「ど……どういう意味だ」

「生まれる前から決まっていた縁談に逆らうのが目的かと思っていたぞ。お互いの思いなど無視される武家社会の縁組みの矛盾、そしてその理不尽を推し薦める親への、僅かな抵抗としてこずえを苛めているのだとな。ところが今までのお前の愚行がこずえに対するくだらない嫉妬だったとは。笑止千万。情けない。三つ四つの子供でもあるまいに。いい加減にしろ。お前が自分を捨てれば捨てるほど、こずえの心を傷つけていることも分からぬのか」

照之進は宙を見やる。

「どんなに理不尽であろうとも、お互いの思いがどうであろうとも、決められた縁談は動かぬ。それが悲しいかな武家の社会の決まりだ。ましてやこずえにとっては父親の遺言。こずえは時がくればお前の嫁にならねばならぬと覚悟を決めている。どんなに褒められようとどんなに仕事をこなそうと自分の運命は変えられぬ。そう悟ったときから心を閉ざしてしまった。当然であろうな。何せ嫁ぐ相手は、女にしか目の向かぬ救いようのないどうしようもない男なのだから」

照之進は言葉がなかった。

「散々遊んできたお前でも自分の許嫁の心までは読めぬとみえるな」

照之進は不機嫌に幸之助を見つめる。

「こずえはお前が半元服の時に贈ったお守りを今でも大事に身につけているのだぞ」

照之進は驚いて声を失っている。

「そんなことすら忘れたか」

半元服は少女から一人前の女へと変わるための大事な儀式だ。何だかんだと邪険に扱ったとはいえ、それはひとえにこずえの気を惹くため。決して嫌いなのではなかった。朱色のお守りを買う気恥ずかしさよりも、綺麗になったこずえを愛おしく感じている自分の本心に気づき、その戸惑いで銭を払う手が震えていたことを今でもはっきりと覚えている。こずえはいつもの涼しい顔で受け取っただけだった。とっくに捨てられているものと思っていた。照之進は懐からお守りを取り出す。こずえが国許を離れる際に何も言わずに渡されたもの。何を意味するのか分からなかったが捨てられるはずもなかった。

十兵衛が笑い出す。

「ばかばかしい。何が手練手管の女泣かせだ。真の姿は酸いも甘いも知らぬ尻の青いがきではないか。私がこずえに手でも出していたら斬り殺されていたかもしれぬな」

十兵衛は幸之助を見やり笑う。

「照之進。今からでも決して遅くはない。自分に素直になってみよ。よいな」

「今更できぬ。第一こんな話しを聞かれて……」

お浜とこずえは枕元でこれだけ騒いでいるにもかかわらず静かに寝息を立てている。照之進は狐につままれたようだった。

「二人の後を付けてくるようなお前のことだ、夜這いをかけることなど先刻お見通し。二人には食事に眠り薬を入れておいたのだ」

照之進は苦笑している幸之助を睨み付けると部屋を飛び出してゆく。

「少しは効きますでしょうか」

十兵衛が幸之助を見つめた。

「本当の馬鹿でなければな」

「照之進が変わればこずえの頑なな心も変わりますでしょうか」

「それは分からぬ。あの馬鹿は相当こずえの心を踏みにじったからな」

十兵衛は寝ているこずえを見つめた。

「照之進の愚行を笑うでもなく、けなすでもなく、静かに受け流していた姿は、あまりにもけなげで心が痛みました。出来た女ですよね」

「芯の強い、しっかり者だ。照之進に娶られるのは不本意か？」

十兵衛は照れ笑いをする。

「本心を申せば残念です。お浜さんと中屋敷へ来ていた姿は、まこと明るい美しい姿でした。上屋敷で何回か見かけた冷たい、いささか暗い雰囲気とは全く異なっていましたから。こんな笑顔ができるのかと、驚いたと同時に照之進が原因であることが不憫で。照之進が江戸へ呼ばれなければ、声をかけても良いと感じておりましたゆえ」

幸之助は十兵衛の肩を叩き微笑む。

「そちならばいくらでも良縁があろう。果報は寝て待てだ。照之進のように努々意味を取り違えるでないぞ」

幸之助の厳しい眼光に十兵衛は苦笑する。

二人が出て行くとこずえは布団の中で涙をこぼす。

食事の後幸之助に、今夜何があっても決して布団の中で声をあげたり動いたりするなと言われた。どういうことなのかとお浜とこずえは首を傾げていた。

こずえは、照之進が自分を心底嫌いなのだと信じて疑わなかった。だからこそ女遊びも大っぴらに当てつけがましくするのだと。それでも自分の嫁ぐ先は変わらない。だから親を呪い心を閉ざし嫌味な女を演じてきた。些細な意地が、言葉の足りなさが、二人の溝を深くしていただけとは。お互いの思いは一つだったとは。情けない。悔しい。そして何よりも嬉しい。

翌朝。霞に煙る庭を散歩している幸之助を見かけお浜が庭へ降りる。

「おはようございます」

「早いな」

「眠れませんでしたゆえ」

むくれているお浜に苦笑する。

「こずえの様子はどうだ」

「存じ上げません。私は眠り薬で熟睡しておりましたので」

「そう怒るな。嘘も方便。これで二人が上手くいくのならば良いではないか」

「決して動くな声を出すなとご命令されただけではどうしたらよいのか、困惑いたします。小橋様が私の布団に手を掛けようとされたとき、もう少しで悲鳴を上げるところでした」

幸之助はお浜を見つめて微笑む。

「声を出さずにすむようにと絶妙な頃合いで割り入ったつもりだが」

「お人が悪うございます。心の臓が止まるかと思いました」

「敵を欺くにはまず味方から。成功であろう」

お浜は頷く。

「こずえさん泣いていました。おそらく小橋様のお心、分かったものと思います」

「事が順調に進めばこずえには暇を出さねばならぬぞ。良いのか」

お浜は庭をゆっくりと歩く。

「坂崎様がいてくだされば」

朝日に照らされ微笑む穏やかな顔は美しく輝いて見える。

「朝っぱらから艶っぽいことを申すな。場所を忘れそうになるではないか」

苦笑する幸之助。そこへ使いの者が言付けに来る。

「分かった。今行く」

幸之助は深呼吸をするとお浜を見つめた。

「一緒に来てくれ」

幸之助が開けた部屋には政直が座っていた。

お浜は一瞬どうしたらよいか戸惑う。

「座りなさい」

ぼうっとしているお浜に幸之助が声を掛ける。

「元気そうだな」

政直はお浜に顔を向けてはいるものの視点が定まらない。

「ありがとうございます。御前様もお元気そうでなによりと存じます」

お浜は手を突き頭を下げた。それ以上言葉が出ない。顔を上げることもできなかった。幸之助はいつの間にか姿を消している。

長い沈黙の後、政直がぽつりぽつりと語る。

「……佐竹事件の後、美浜を捜しに捜したが見つからなかった。それが五年もの歳月の果てに偶然巡り逢った。屋敷内では決して口にできなかったお互いの想いが自然の流れとして口を付いた。若かっただけではない。昔と変わらぬ美浜の笑顔に再び触れ、家のために家臣のために藩のために、そして何よりも母のためにと自分に言い聞かせ苦汁を飲む思いで諦めた感情が、堰を切って溢れ出し止められなかった。しかし、再び美浜が私の前から去った時、現実に引き戻された。身ごもっていたことは薄々感じていた。生まれてくる子をどうしたら良いのか、考えても答えが見つけられない。結局、私は美浜を捜すこともせずに見捨てた。何という薄情な男かと、何という情けない男かと、どれほど悔いたことか。辰蔵には本当に感謝をしておる。男として彼ほどの懐の広い人物はおらぬ。そなたが恨む相手は辰蔵ではない。そなたとそなたの母をも見捨てたこの私だ」

政直はうつむいたままのお浜の背中を見つめる。

「許せとは言えぬ。だが、そなたのことを忘れたことは一度たりともなかった。それだけは信じてくれまいか」

お浜はゆっくりと顔を上げ政直を見つめた。その表情は暗く重いもの。

「……私の育ての親は辰蔵ではありません。旅芸人一座隼人団治郎。物心付いたときから私は独り。親にも見放された哀れな子なのだと何度も泣きました。辰蔵に初めて会ったとき、自分の親が盗人だろうが何だろうが親と一緒に暮らしたかったと言い捨てました。私には親はいない。自分にそう言い聞かせて今まで過ごしてきました。今更……今更親などいりません」

「……お浜……」

静かに涙を流すお浜を力無く見つめる政直。掛ける言葉も見つからない。

「……嘘です……」

わっと泣き伏すお浜の震える肩に手を添えようとして躊躇する。

「水戸のご老公様が、お浜の歩んできた道は決して平淡ではなかったが不幸でもなかったと仰った。良き仲間に囲まれてな。同心の桜井、旗本の高見沢、飲み屋の玄兵衛、そして文左衛門。皆、お浜の笑顔に救われたと口を揃えて言いおる。正直、私も驚いた。お浜の笑顔は作り物ではない。心まで温かく包み込む春の陽射しのよう、そなたの母美浜と同じ笑み。私はどんなに恨まれても憎まれても構わない。しかし、そなたの輝く笑顔だけは消さずにいてくれ。たとえこの私には見せてくれなくともな……」

政直は悲しい瞳で、泣き伏したまま顔を上げないお浜の背中を暫く見つめていた。

「……幸せになるのだぞ……」

政直は障子を開け廊下へ出ようとする。

「……御前様。わがままを……わがままを聞いていただけますか」

政直は足を止め振り返った。

「抱いていただけますか」

涙顔のお浜の真剣な瞳に自分の顔が映る。

「私は親に抱いてもらったことがありません」

こぼれる涙が朝日に輝く。

「お浜！」

政直はお浜を抱きしめる。

温かい大きな胸。言葉にできない安堵感と懐かしさ。お浜の頬を伝う涙は長い年月の悲しみや苦しみを洗い流していく。

政直は恐る恐るお浜を覗き込む。

「……私を許してくれるのか」

お浜は小さく首を振る。

「恨んでなどおりません」

驚く政直。

「私は天涯孤独と思っておりました。それはひとえに自分の犯してきた罪に対する罰だと。でもこんな私にも本当の父上がいる。そう思えるだけで幸せです。今の私があるのは全て過去からの積み重ね。恨むことや憎むことは何の解決にもならない。過ぎたことは悔いない。前を向いて進む。それが私に科せられた定めと思っております」

腕の中の穏やかな表情のお浜に苦笑する。

「幸之助の入れ知恵か」

「はい。私は若殿様と坂崎様のために明るい笑顔で過ごさねばならないと、それが全てへの償いと恩返しだと言い含められました」

腕の中で小さく微笑むお浜を固く抱きしめる政直。

「お浜の強さと明るさ温かさには、何人の者が救われたのであろうかの。この私をも笑顔で迎えてくれるとは」

政直は涙を流す。

「そなたに出会えて本当に良かった。生涯の心残りが綺麗に消えた。これでいつ死んで悔いはない」

「御前様……」

「御前様……」

「私にも言わせてくれ。そなたを抱かせてくれとな。最愛の女が産んでくれた最愛の娘。どんなにこの手に抱きたくとも叶わなかった夢なのだからな」

「……御前様……」

お浜の顔を見つめ政直は何度も頷いた。お浜は政直の胸に全て預け春の陽射しのように微笑む。

二人を優しい穏やかな春の朝日が暖かく包み込む。


表御殿の廊下を赤い目をして歩いていた照之進。昨夜こずえ達の部屋を飛び出してから一睡もしていない。こずえの本心を知ったからといって今更どうしろというのか。確かに今まではこずえの気を惹くために、自分に声をかけてくる女とは遊んできた。度を超していたことも認めざるを得ない。だが、お浜は今まで接してきたたくさんの女とは何かが違う。自分に対して媚びを売るわけでもなく、ましてや好意があるわけでもない。にもかかわらず、自分に向けられるあの明け透けな笑顔に惑わされる。こぼれる笑顔を自分だけのものにしたいと思わせる。こんな思いは今まで経験がない。どうしたらよいのか自分でも分からないのだ。大きな溜息をついて顔を上げ言葉を失う。

庭に面した障子が開けられ朝日の差している部屋で政直とお浜が抱き合っていた。

とんでもないものを目撃した。噂通りお浜は御前様のお手つき。これは完全に諦めるしかない。そう割り切った途端、こずえが愛おしく感じた。しかしおいそれと優しい言葉など掛けられるわけもなし。結局自分がどう行動すれば良いのか、答えは出ないのである。


陽が高くなり昼四ツ（午前十時頃）の鐘が鳴るとお客人の到着。真っ先にやって来たのは例によって紀伊国屋文左衛門。手には何やら荷物を抱えている。少し遅れて桜井、高見沢、玄兵衛。玄兵衛は早速台所へ回り昼食の準備。そして光圀が到着する。なんと旅支度の俳諧師の身なり。供も股旅者のような格好をした佐々介三郎と渥美格之丞。

お浜の笑顔と光圀の笑い声。茶の香り芳しい楽しいひととき。庭を歩きながら光圀はお浜を呼び寄せる。

「良い笑顔だ」

「ほんの少し大人になれました」

光圀は微笑む。

「昭直殿の件とお浜のことがあったゆえ、政直殿の笑顔を二度と見ることができないかと心配していたのだが、安心した。お浜は素直で良い娘に育ったものだ。これでわしも半分肩の荷を下ろせたかな」

「正直を申せば未だに信じられません。掏摸と盗賊の引き込みをした私には重すぎる真実です。それでも何となく嬉しい気がいたします。これからは全てにおいて恥じぬように生きていかなければならないと思っております」

お浜は静かに微笑む。

「そうじゃな。確かに荷は重かろうがお浜にならできよう。坂崎殿という頼もしい支えもあるしの」

「はい」

はにかみながら頷くお浜の笑顔はまぶしいくらいに輝いて見える。

「あとは女の悦びを坂崎殿に教えてもらえば正真正銘大人の女じゃな」

お浜は光圀の言葉に顔を真っ赤にする。光圀はお浜の肩を抱き寄せ顔をのぞき込んでにやりと微笑む。

「その分だと唇ぐらいは重ねたか」

「……ご……ご老公様！」

あたふたするお浜に吹き出す。

「お浜は分かりやすい。すぐ顔に出るな」

笑う光圀。決まり悪そうに微笑むお浜の輝く表情。玄兵衛の料理が饗され宴もたけなわ。八ツ（午後二時頃）の鐘が鳴ると光圀は腰を上げた。

「ご老公様。饅頭でも載せて使うてくださいまし」

文左衛門が開けた桐の箱の中には渋い朱色で模様が描かれた皿。光圀は微笑む。

「さしずめ柿右衛門か」

「ま、そないなところでございます」

「良いのか。このような高価なものを」

文左衛門はにっこり微笑む。

「一介の商人がご縁あって水戸様のお茶席にまで同席させていただけましたのや。お近づきの徴に」

「ご老公様。紀文は転んでもただでは起きない根っからの商人。怖いですぞ」

「高見沢様。また人聞きの悪いことを」

ふてくされている文左衛門に皆が大笑いをする。

「文左衛門。商人は儲けてこそ真の商人だ。堂々と儲けよ。が、あくまでも堂々とだ。他人を陥れてまで儲けても悪銭は身を滅ぼすのみ。商人らしく精々儲けるがよいぞ」

文左衛門は深々と頭を下げた。

「ご老公様のお言葉、肝に銘じまして儲けさせていただきます」

「わしから儲けたくば水戸まで来るがよい。いつでも商談には耳を貸そう。しかしわしは筋金入りの曲者ゆえ一筋縄では首を縦に振らぬぞ」

笑顔の光圀を皆で見送る。光圀は国許水戸へと向け旅立った。

桜井達も屋敷を後にする。

「幸之助。そちはまたしばらく市中か」

「はい。四、五日植木の手入れをして参ります。今回の手始めは淡路守様のお庭でして」

「おお。目黒のお屋敷での茶会の準備か」

「はい」

「茶会は五日後だったな。八潮の方にお目にかかったら、伺うのを楽しみにしていると、よろしく伝えてくれ」

「承知いたしました」

「お浜、こずえ。後かたづけを頼むぞ」

「畏まりました」

幸之助達は政直を見送ると庭や火の始末などをする。

「十兵衛。先程の薄汚い老人は何者だ」

物陰から一部始終を覗いていた照之進が怪訝そうに訪ねた。十兵衛は肩をすくめる。

「馬鹿。水戸光圀公だ」

照之進は仰天する。お浜はまるで友達のように語らい笑い接していた。

「……ほ……他の奴らは……」

「派手な格好をしていた町人は紀伊国屋文左衛門。あとはよく知らぬが旗本の倅と同心とか聞いたぞ」

「何の集まりなのだ一体」

十兵衛は言葉を呑む。昭直の死の真相はあの茶会に居合わせた者のみの胸の内に仕舞い他言は無用と誓った。それが昭直への最大の供養であり、将軍へも物申すことのできる水戸家存続のための最良の策。土屋家の臣下といえども漏らすわけにはいかない。

「お浜の知り合いの集まりであろう。御前様がお浜のために呼ばれたということだが、詳しくは知らぬ」

納得したようなしないような照之進に苦笑する十兵衛。

南麻布薬園坂の土屋家下屋敷を後にした桜井と高見沢、玄兵衛に文左衛門は八丁堀へと向かう。歩き出して間もなくのこと。畑から一目散に駆けてくる女が見えた。女も桜井達に気づき大声を上げる。

「……お……お助けください！」

女は勢いよく桜井の背中にしがみつく。追っ手は武士である。女がかくまわれていることを知ると男は慌てて来た道へと引き返していった。

上がる息で桜井を見上げる女。

「どうか、どうか、このまま私を連れて行ってくださいませ」

すがる瞳は怯えきっている。

「……あんさん……こずえさんとちゃいますのんか?」

桜井を見上げている女を見つめていた文左衛門が不思議そうに問いかけた。

女はぽかんと文左衛門を見つめ返す。

身なりは百姓娘だが顔立ちはこずえそのもの。桜井も苦笑する。

「これは驚きだ。今、別れてきたばかり」

「名は何と申す」

高見沢が尋ねる。

「お文と申します。目黒村の百姓でございます」

高見沢は肩をすくめる。物腰は違うが声もかなり似ている。

「桜井。こりゃ、ややこしいことになりそうだな」

「さてさて。立ち話しも何だ。ちと歩くが付いてくるがよいぞ」

どうやら追っ手は無いようだ。五人は八丁堀まで戻ってくる。

「ほな、わてはここで失礼いたします」

文左衛門は屋敷へ帰って行く。喜楽に入った四人。

「お文。何があったか話してくれぬか」

お文は頷いた。

畑へ出かけようと家を出ると見かけぬ侍が三人、荷車で何やら運んでいた。その不思議な光景を遠くからしばらく見入っていると自分の家の畑へ向かっている。耕した畑に荷車など入れられては大変だ。何をするつもりなのかとそっと後を追う。侍達は畑を通り越し藪の中へ荷車を進ませる。そして穴を掘り出した。四半刻もかけたであろうか大きな穴を掘る。まるで墓穴のような。一息入れている侍に声が飛ぶ。

「加納。休むのは後だ。早いところ済ませてしまおうぜ」

「くわばらくわばら」

お文は侍のつぶやきにただならぬものを感じ、息を殺し事の成り行きを見つめていた。

「このぐらいで良かろう」

「女一人だしな」

にやりと笑った侍が荷にかかっているゴザを外す。そこには長襦袢しか着ていない女性が横たわっていた。美しい藤色の襦袢からだらりと垂れている透けるような白い手。素人目にも死んでいることが分かる。やはり穴は墓穴だったのだ。しかしここは墓地ではない。あの女の人は密かに埋められるのである。あまりの恐ろしさにお文はあわててその場を離れる。藪の枝が動いた。人の気配を察した侍の一人がお文の後ろ姿に気づく。

「何だ。加納」

「人がいた。様子を見てくる。お前達ははやく埋めてしまえ」

加納が走るお文の後を付ける。手には何も入っていない竹かご。後ろ姿だけでも慌てているのが分かる。やはり見られたようだ。加納が追う足を速めた瞬間、消していた気配が現れる。

お文は後ろのただならぬ気配に振り返る。猪でも熊でもない恐ろしい形相の侍に悲鳴を上げ助けを求めて、一目散に逃げたのだった。

「……怖くて恐ろしくて……どうしたら良いのか……」

お文は顔を覆い泣き出す。

「お文、安心せい。この男は南町の同心でな。桜井という。何とかしてくれよう」

満面の笑みで自分を見つめている高見沢に桜井は溜息をつく。物見遊山の虫がうずうずしているのは分かるが、相手が武士では町方は手も足も出せない。安請け合いなどできないものを。

「とりあえず私の屋敷へ連れて行こう。少なくとも役宅ならば安心であろう」

高見沢の顔がぱっと輝く。その瞳に桜井は苦笑する。

「玄兵衛。留吉をあとでよこしてくれ」

「承知いたしました」

桜井と高見沢はお文を連れ岡崎町の役宅へ。さくらは嫌な顔一つ見せずお文を迎え入れた。お文は百姓の娘だけあって働き者。慣れないとはいえ台所で食事の手伝いを見事やり抜いた。

「旦那様。お文はなかなかの働き者。助かります」

夕餉を饗しながら桜井が微笑む。

「それは何より」

「安心した。さくら殿が悋気でも起こされるのではないかと心配だったのだ」

高見沢は手酌で酒を飲みながら笑う。

「高見沢様。私をそんなに了見の狭い女とお思いですか」

「これは失礼仕った。訳有りの女でも問題無しとはさすがに同心の奥様」

さくらは桜井を見つめる。

「高見沢。くだらぬ冗談を申すな」

庭から人の気配と声がかかる。

「留吉でございます」

桜井は障子を開ける。

「ご苦労だが、これから目黒まで使いを頼まれてくれ」

「畏まりました」

「娘の親には心配は要らぬゆえ、決して騒ぎ立てせぬようにとくれぐれも申せ。下手に騒げばお文の命に関わるとな」

「はい」

「さくら。お文を連れて参れ」

廊下に座るお文。

「お文。家の場所を教えてくれぬか。お前さんが急にいなくなったと親御さんが心配していよう。預かっている旨伝えねばならぬ」

桜井の温かい心遣いにお文は平伏す。

「ありがとうございます」

お文は家の場所を留吉に教える。

「では、行って参ります」

腰を浮かせた留吉に高見沢の声が飛ぶ。

「留吉。決して油断するな。どんな見張りがおるやもしれぬ。追っ手にも十分に気を配れ。ここがばれれば事だぞ」

留吉は大きく頷くと闇に消えた。

「さくら。お文を休ませてくれ」

「畏まりました」

静まり返った部屋には朧な月の光が差し込む。芹のごま和えを突っつきながら酒を飲んでいる高見沢。

「さくら殿の料理は実に美味い」

「高見沢。あまり派手に動いてくれるな」

「手探り状態では動きたくとも動けぬ。少し様子が見えてからだな」

高見沢は桜井を見返し、にやりと笑った。

「おいおい。私に下調べをせよと言うのか」

「それが仕事であろう。吉報を待っておるぞ。さくら殿によろしく」

高見沢は散々食べ尽くし帰っていった。

「お気楽な奴だ」

薄雲に隠れ消え入りそうな月を見上げ溜息をつく。

荷車を用意しての死体の処理となると近隣の武家屋敷からとは限らない。しかし本所や上野、駿河、桜田からわざわざ出張ることもあり得ない。やはり溜池以西と考えるのが自然。それでも割り出すのは容易ではない。第一、藩から出た死体とも限らない。まずは掘り返すことが先決だ。あの侍達が馬鹿であることを期待したい。

いつの間にかさくらが横に座っていた。

「高見沢の戯れ言に惑わされてくれるな」

「分かってはおります」

桜井は涼しい顔で小さく笑ったさくらの腕を引き寄せ組み伏す。

「だ……旦那様！」

「分かってはおらぬ物言いだぞ」

さくらは顔を逸らす。桜井は笑い出す。

「女房が思うほど亭主はもてずと申すであろう。安心しろ」

「いいえ。旦那様は誰にでもお優しいですから」

「いい加減にせよ。本気で怒るぞ」

「どうぞお怒りください」

桜井を見つめるさくらの鋭い視線。桜井は荒々しくさくらの唇を塞ぐと着物の裾を割り行灯の明かりを消した。

翌朝。靄の立ち込める中、お浜とこずえに見送られ幸之助は下屋敷を出て行く。五ツ（午前八時頃）の鐘が鳴るのを聞いてお浜とこずえも下屋敷を出た。

柔らかな陽射し。沈丁花の香りと鶯の声を運ぶ心地良い風。

「暖かくなりましたね」

こずえが笑顔で淡い青空を見上げる。久しぶりに見たこずえの爽やかな横顔がお浜をも優しく包む。

「こずえさん。目黒不動へ桜を見に行きましょうか」

「このままですか」

お浜はにっこり笑う。

「喜佐様に怒られませんでしょうか」

お浜は肩をすくめる。

「少し戻りが遅いくらいでは分かりません。それに、母上から小言を言われるのが私の仕事です。第一、お許しを頂いていたのでは花が散ってしまいますし」

　こずえはくすくす笑う。

「本性が出ていますよ。この頃、頓に悪巧みが多いかと」

　お浜は歩みを止めると空を見上げた。

「私には、武家の暮らしが向いていないように思えます」

「お浜さん。それは言わない約束だったのでは」

「そうなんですけれど」

　しばらく天を仰いでいたお浜がにっこり笑った。

「篭の中は多少窮屈でもやはり安心なのでしょうね。特に私には」

　こずえは静かに頷く。

「私は町の暮らしを存じませんから比べようもありませんが、お浜さんのお話を伺っていると憧れてしまいます」

　お浜はぱっと顔を輝かせる。

「坂崎様にお頼みして今度喜楽へ遊びに行きましょう。店を手伝って、買い物をして、縁日を歩いたり銭湯に行ったり。声をあげて笑っても足を投げ出しても叱られたりしません。品格というものは微塵もありませんが、人の温かい情で溢れている世界です。是非一緒に喜楽へ行きましょう。なんだか元気が戻りました」

　屈託無く笑うお浜。

「玄兵衛さんのお料理もいただけるんですよね。私もわくわくしてきました。坂崎様がお屋敷に戻られましたら、一緒にお願いいたしましょう」

お浜はにっこり微笑む。

「では、手始めに桜見物といきましょうか」

お浜のおどけた言葉に二人は見合って笑う。三の橋を渡り目黒不動尊へと進路を変更する。

「どこへ行くつもりだ？」

下屋敷を出た二人を付けて来た照之進と十兵衛。和田倉御門辰ノ口の上屋敷とは全く逆方向へ歩き出したお浜とこずえに驚き、照之進は自分の後ろにいる十兵衛を振り返る。

「知らぬぞ」

照之進は見失わぬようにと注意深く追う。

田畑が続くのどかな風景。雲雀が頭上で賑やかに鳴いている。白金、松平淡路守様下屋敷をやり過ごすと目黒不動尊まではもう少しである。

松平淡路守様下屋敷の門前でお浜は何気なく足を止めた。明日、このお屋敷の庭の手入れに幸之助が来るのである。

「こちらですよね」

こずえも門を見つめお浜を見やった。

「どんなお庭なんでしょうね」

二人は微笑む。

すると門番の鋭い視線に気づき、二人は軽く会釈をしてやり過ごす。目黒不動尊を目前に控え、十兵衛が笑い出す。

「花見か！」

照之進も肩をすくめる。

とその時、後ろから菅笠を目深に被った武士三人が目黒不動尊めがけて駆け抜けて行った。驚いて歩みを止めたお浜とこずえ。侍達はお浜達を振り返り何やら話しながら戻ってくる。

「これはこれは……上手く化けたな」

侍の言葉にお浜とこずえは顔を見合わせる。

「全く手間を取らせおって」

一人が刀の柄に手を掛けた。お浜は身構える。記憶をたぐり冷静に考えても侍に命を狙われる覚えなどない。盗人まがいの浪人ならば、辰蔵一家としてどこかで袖が触れたこともあろうが、裃を着たどこかの家中の御仁とは縁もゆかりもない。相手の意図するものが見えないとしても自分の過去のためにこずえが巻き添えになるのだけは避けなければならない。

「私が合図をしたら来た道を全力で走って逃げてください」

お浜はこずえを見つめた。

「お浜さん……」

お浜はにっこり微笑むとこずえを背にかばう。

「何の謂れか知らないが、女だからって甘く見るんじゃないよ！　斬るんなら私からにしな！」

お浜の威勢の良い啖呵に侍は一瞬たじろぐ。

「走って！」

お浜はこずえの肩を押す。

「かばい立て無用！」

叫ぶが早いか走り出したこずえの背中へ切っ先が唸る。

次の瞬間、澄んだ鋼の重なる音。

照之進が刀を交える。十兵衛はお浜とこずえを促しその場を去ろうとしたが、残り二人の侍がすかさず刀を抜いて行く手を阻む。十兵衛は怯む。槍と弓ならば誰にも負けぬのだが、剣の腕はさして褒められるものではない。自分一人ならばなんとかなろうが、果たして女二人をかばいきれるだろうか。おまけに相手は二人。刀は抜いたものの自信など全くない。おぼつかない様で構えている十兵衛を横目で見やり照之進はやり合っている男へ一撃を加える。すくい上げた刃は男の二の腕を切り裂き被っていた菅笠をも割る。

「引け」

侍三人は消える。

「怪我はないいな」

照之進が刀を鞘に納めながらお浜とこずえを見やる。

「はい。ありがとうございました」

お浜は深々と頭を下げる。

「上屋敷へ戻るのではないのか」

お浜は決まり悪そうに「戻る」と答えた。

四人は無言のまま辰ノ口に向けて歩き出す。

お浜は自分が狙われたのではないことに疑問を抱く。あの場で侍達が欲しかったのはどうやらこずえの命だ。こずえが一体何をしたというのだろうか。外へ出たことのないこずえが外部の人間に襲われる理由など全く分からない。人違いにしては侍達の視線が確信を突いていた。何かが変である。

それにしても先程の照之進は普段の姿からは想像もつかないほど凛々しかった。算術の才長け国許より呼び寄せられたほどの人物。滅多に人を褒めない義父が気に入っているのだからただ者ではないはずと思っていても、おちゃらけた行動には首を傾げざるを得ない。剣の腕も藩一という幸之助ほどではないにしろ、咄嗟に抜いた刀捌きはかなりのものだ。何故自分の真の姿を隠すように悪びれているのか。お浜はほんの少し先を歩く照之進を見上げ言葉を失う。今までに見たことのない厳しい表情で真っ直ぐ前を睨んでいる。漂う殺気は刃のごとく研ぎ澄まされて鋭い。

屋敷の門を潜っても照之進の表情は変わらなかった。お浜とこずえは照之進に会釈をすると佐野の家へと消える。十兵衛は照之進の肩を叩く。

「やっと自分の心を見たというところか」

「何故こずえが襲われる。あいつらはどこぞの家中だ。屋敷から出ぬこずえが他藩の連中とどんな関わりがあるというのだ。合点が行かぬ」

苛立っている照之進を笑う十兵衛。

男の自分から見ても照之進の整った顔立ちは女好きする。これ見よがしに言い寄る女をどれほど手玉に取ってきたことか。悔しいが数では敵わないであろう。女の扱いは誰よりも慣れているはずの照之進なのにこずえのこととなるとまるで子供。素直になれず感情をむき出しに吠えるは噛みつくは。手練手管の女泣かせもどこへやら。

「照之進。落ち着け。お前が騒ぎ立てても解決には繋がらぬ。こずえが屋敷から出なければ安全なのだから」

「分かってはいるが……」

「そんなに気がかりならば側についていてやれ。いつまでも息巻いて強がって、くだらぬ意地を張っていても仕方あるまい。私とてお前のわがままにそうそう付き合っている暇は無いのだからな」

十兵衛はさっさと中御殿へ姿を消した。

心地よい風が頬をかすめる。暖かい柔らかな陽射しが自分の陰を引いている。十兵衛の捨て台詞はまるで自分の面倒を見させられたと言わんばかり。一体どういうことか。自分をからかうかのように賑やかに頭上を舞う雲雀を見上げ照之進は急に不機嫌な顔をした。

「幸之助め、謀りおった！」

自分のこずえに対する想いを試すために、幸之助が知り合いの家中に芝居を打たせたのだ。夜這いのことにしてもよく考えれば出来過ぎだ。冷静になれば、十兵衛が他人の夜這いに付き合うなどあり得ないこと。茶会は真実であったにせよ、それ以外は幸之助の仕組んだ罠だ。まんまと乗せられた。しかし、こずえへの想いを改めて認識させられたことは、癪だが認めざるを得ない。幸之助の所業に腹は立つも

の の、巧妙な手口にやはり感服するしかないのかもしれない。

幸吉は植木屋の道具を抱え白金にある阿波徳島藩蜂須賀家松平淡路守綱矩公の下屋敷へ出向いた。四日後に茶会が開かれるための手入れである。幸吉はいつものように庭木に鋏を入れたり下草を抜いたりと仕事をこなす。八ツ（午後二時頃）の鐘が鳴る。梯子に腰掛け一休み。そこへ蜂須賀家の側室八潮の方が姿を見せた。幸吉は立ち上がり深々と頭を下げた。八潮の方は見向きもせずに通り過ぎる。取り澄ました後ろ姿を呆然と見送る幸吉。何か気に障ることをしたのだろうか。いや、今日は今初めてお目にかかったのだ。幸吉は首を傾げる。

八潮の方は草木がとても好きで幸吉が手入れをしていると必ずと言って良いほど庭に出てきて花や木のことを尋ねられた。楽しそうに自分の話に耳を傾けている八潮の方はとても温かく優しい表情をしている。決して冗談を言い交わすほどの親しさはないが無視される覚えもない。機嫌が優れなかったのであろうか。徳島藩の庭へ通うこと二日目。家老が姿を見せる。

「おお、いたいた。幸吉。すまぬが今回はざっとの手入れで良いぞ」

幸吉は首を傾げる。

「茶会が急に取りやめとなってな」

家老は大きな溜息をついた。

「全くのう……こんなことは初めてなのだが、どうしたことか八潮殿が気まぐれを起こされてな。茶会など絶対にやりたくないと泣かれての。御前もそれほど嫌ならば取りやめようと、いとも簡単な申されよう……準備をする方はてんてこ舞いよ」

　渋い顔の家老。

「分かりました。では、ひととおり木々を見て回って仕舞いにしておきます」

「よろしくな」

「畏まりました」

　家老が帰ってから八潮の方と庭で出会したが、やはり無視された。幸吉は以前に伺った折、無礼を働き嫌われたのであろうかと思い起こす。いや、前回手入れが終わり挨拶をした際「今度は春ですね。花の話しを楽しみにしております」と言って微笑んだ。どう考えを巡らしてもつれなくあしらわれる理由が見つからない。

「お浜にでもふられたか」

　喜楽で徳利を睨み付けている幸吉の肩を高見沢が叩く。嬉しそうに笑っている高見沢に溜息をもらす。

「おあいにく様。お浜は私にぞっこんだ」

　高見沢は幸吉の前に腰を下ろすとくすくす笑う。

「では、贔屓の女郎にでも袖にされたか」

　幸吉はがくりと肩を落とす。どうしてこの男は話しを下世話な方へと向けたがるのか。仕事に失態があったのではないかと悩んでいるというのに。

「おかしいな。お主の顔には、女の顔色が読めぬと書いてあるぞ」

　幸吉は二の句がつげずに笑い出す。遊び人高見沢。見事な読み。幸吉は八潮の方の話しをする。高見沢は肩をすくめて笑った。

「その側室、月のものがお越しなのではないか。時が経てば微笑んでくれようて」

自分の結論に腹を抱えて笑う高見沢。真面目に相談した自分が馬鹿であった。幸吉は杯をあおる。

「やっているな」

桜井が顔を覗かせる。

「色男がもう一人登場だ」

高見沢が愉快そうに笑う。

「お文は元気にしているか」

「心配には及ばぬ。さくらと仲良くやっているぞ」

「これは残念。波風でも立った方が泰平の日常にめりはりが付いて良いものを」

桜井は肩をすくめて笑う。

「全く他人の家をかき回して何が楽しいのやら。お暇人の座興にも呆れるわ」

高見沢は杯の酒を飲み干す。

「ま、お主達が私の戯れ言で揺れ動くとは思えぬがな」

「当然だ」

桜井は高見沢に酌をしながら笑う。

「幸吉。これから桜井の役宅に顔を出さぬか。面白いものが見られるぞ」

「高見沢。お文は見せ物ではないぞ」

幸吉は桜井を見つめた。

「新しいお女中か」

ほんの少し興味を示した幸吉の腕を掴まえ高見沢は嬉しそうに喜楽を後にする。

「お主が会いたがるのだから相当の美形か」

高見沢は大きく頷く。

「希に見る美女……といったところかな」

肩をすくめている桜井の妙な笑みが先程から気にかかる。

役宅に着くと高見沢は奥方さくらに茶をお文に運ばせてくれと催促する。しばらくしてお文が茶を運んできた。幸吉にも丁寧に茶を勧める。

「忝(かたじけ)ない」

幸吉はお文を見やる。なるほど。二人が面白がっている理由が分かった。平然と茶をすする幸吉に高見沢が大きな溜息をもらす。

「驚かぬのか。お屋敷のこずえにそっくりであろうが」

幸吉は静かに茶碗をおいた。

「似てはいるがな」

「似ている？　いや、瓜二つだ」

「私にはそうは思えぬ。こずえはもっと物腰が柔らかく、しなやかな動きをする女だ。顔にしても確かに似てはいるが日に焼けてはいない。普段から見慣れているのでな。二人を並べて座らせても見分けは付く」

「そんなものかの。百姓姿のお文ですらこずえと間違えたというのに」

高見沢の言葉が幸吉の脳裏に響き渡る。と、同時に昨日今日すれ違った八潮の方の姿が蘇った。何かが変だと感じていたが、その理由が今の今まで思い出せないでいた。あの八潮の方は偽物である。それで全ての辻褄が合う。

顔は確かに似ている。いや、見た目は瓜二つだ。しかし物腰が違う。仕草が違う。漂う品が違う。そして打ち掛けの色だ。

八潮の方は黄色が嫌いなため黄色の花を付けるものは庭に一切植えていない。まんさくやれんぎょう、福寿草、水仙、菜の花、たんぽぽなど春を告げる花は黄色が多いが全くないのである。しかし花そのものはとても好きで梅に桜に桃に林檎。どうだんや躑躅、菖蒲に紫陽花、桔梗、朝顔、萩、山茶花。庭に花が絶えることがないほど植えられている。ことのほか藤が好きで蜂須賀家の下屋敷の藤棚はそれは見事なもの。

そして八潮の方は自分の好きな藤色を打ち掛けの色としてよく着ていた。淡い色合いがよく似合う色白の整った顔建ち。控えめで出しゃばることの決してない、柔和で穏やかな笑顔は気品に満ち溢れていた。正しく春霞のような淡く温かい藤の化身、藤娘のような女性だ。ところがここ二日の八潮の方にはその霞のごとく漂う高貴な品格が全くなかった。女の印象が着るもので変わるのは珍しいことではない。現にお浜は町娘から武家の姫君へと変身している。八潮の方が見慣れない目映い赤の打ち掛け姿だったために、趣の違いに惑わされ偽物だということに気づかなかったようだ。

幸吉は首を傾げた。

自分を含め側近までは騙せても、綱矩公がすり替えに気づかないとは思えない。いくら姿が似ているとはいえ床を共にすればすぐに露見する。さては、八潮の方が理由を付けて綱矩公を遠ざけているのか。茶会の中止も理由はその辺にあるのかもしれない。どうやら蜂須賀家の内部にきな臭いものがあるようだ。では、本物の八潮の方はどうしたのか。幸吉は脳裏を過ぎった自分の考えに愕然とする。

「何、難しい顔をしている」

高見沢の言葉も上の空の幸吉。

「すまぬ。用を思い出したので失礼する」

幸吉は桜井の家を慌てて出て行く。

「全く、からかい甲斐のない奴だ」

高見沢は幸吉が驚かなかったことがいたく残念のようだ。

「ところで、何か分かったのか」

桜井は小さく頷いた。

お文を助けた翌日。下っ引を五人ほど引き連れて侍達が死体を埋めたと思われる、お文に教わった場所へ出かけた。掘り返したが何も埋まっていない。さすがにそこまで単純な馬鹿ではなかった。注意深く辺りを調べると荷車の轍が藪の奥へと続いている。辿って行き途切れたところを掘り返して、大当たり。やはり連中は馬鹿であった。

「正絹の襦袢を着た女であることだけしか分からん」

「やはり武家の女か」

「さあてな。相手も巧妙。髪がほどかれていたのだ。お文に見られたので埋めるときに髷を切り落としてほどいたようだ。何せ首を絞められ殺されたうえに土に埋まっていた仏さんゆえな、品もへったくれもないのだ」

「藤色の襦袢だとお文が言っていたな」

「ああ。確かにものとしては良いものだ。しかし遊女や商家の女将でも金さえあれば設えよう。手がかりにはならぬ」

「それもそうだな。だが、遊女は緋色に限る。藤色ではそそられぬ」

高見沢は笑いながら帰っていった。

葺屋町の芸者菊乃の家へ戻ってきた高見沢は布団にごろりと寝ころび、開けた障子の隙間から覗く月を眺めていた。

帰宅した菊乃の気配に問いかける。

「菊乃は藤色の襦袢など持っていなかったな」

開口一番の突拍子もない問にくすくす笑う菊乃。

「どうしたんです。いきなり。女の襦袢が恋しいなんてことあるんですか」

相変わらず笑っている菊乃に苦笑する。

「いやな。女が殺されたのだが身元も何も分からぬのだ。ただ藤色の襦袢をまとっていたというのだ。粋な筋の女達はそんな色は着ぬであろう」

菊乃は帯を解き着ていた着物を几帳にかけると長押にかかっている普段着に着替える。

「こぞって緋色ってところですかね。赤は殿方をその気にさせるらしいですから」

菊乃は涼しく微笑む。

「お酒、付けましょうか」

高見沢は菊乃の腕を掴まえる。

「いや、桜井のところで飲んできたゆえ、よい」

菊乃はにっこり笑って高見沢の横へ座る。高見沢は菊乃の肩を抱き寄せた。

「私には菊乃の真綿色が一番かな」

菊乃は肩を小さくすくめる。

「お上手ですこと」


幸之助は上屋敷へ戻ると政直に蜂須賀家の八潮の方の話しをした。

「八潮の方は先々代の江戸家老のお子だ。今の家老吉田殿の妹。藩内では相当の実権があると聞いているが、幸之助も存じておるように前へ出るお方ではない。とは言え、吉田殿の意見が八潮の方から綱矩公に上がるのを快しと思わぬ輩がいたとしても不思議ではあるまいがな」

「だからといって八潮の方を亡き者にし、偽物を送り込むなど許し難き思議」

政直は大きな溜息をつくと障子を開けた。折しも満開の桜が風に舞い吹雪のごとく舞い乱れている。

「多くの人間を一つに束ねるというのは真に難しきもの。藩内のいざこざを対岸の火事と笑ってはいられぬ」

政直の重い表情が月明かりに照らされる。

土屋家の嫡男昭直の死は水戸家の跡目相続という正しく対岸の火事による不慮の死。

「わしが表立って動けば要らぬ波風が立つ。事が露見すれば、柳沢殿に取り潰しの格好の餌を与えることにもなりかねぬ。書状をしたためるゆえ、そちが出かけて参れ」

「承知いたしました」

幸之助は翌日老中からの書状を手に桜田御門大名小路にある蜂須賀家上屋敷の門を叩く。

表御殿の客間に通されたが、暫くして取り次ぎの者に中奥へと案内された。

深々と頭を下げた幸之助に綱矩は苦笑する。

「ご老中のお耳に届くとは思いも寄りませんでしたな」

どうやら綱矩本人は八潮の方のすり替えに気がついているようだ。幸之助はほっとして微笑む。

「八潮の方はご無事なのですね」

「恐らく生きてはいまい」

「……淡路守様！」

あまりの冷静な物言いに幸之助は驚く。

「坂崎殿。私とて肌を合わせた女を取り違えるほど馬鹿ではない。誰が藩内を掻き乱そうとしているのか様子見をしているところであった」

綱矩はふっと寂しそうに笑う。

「八潮の実家、吉田の家は我が藩では名門でな。戦国の世より当家に仕える歴史も重みもある家柄。厳しい物言いもするが、何よりも蜂須賀の家一番と考える家臣の鑑。恨みや妬みを買うほど小さな家ではないのだ。藩内の者が吉田の家を潰そうと企てを図るとはどうしても考えられぬのだ」

幸之助は静かに聞いていた。確かに、坂崎の家も同じだ。若輩の自分が跡を取り側用人に納まっていたとしても家の重みと格式は変わらないのである。

「淡路守様。ご家老にはご兄弟はいらっしゃらないのでしょうか」

幸之助の言葉に綱矩は青い顔をする。

「……ま……まさか……忠治が……」

吉田家には男子が三人いた。長男忠通は先の家老で、頭脳明晰の切れ者。物事を一刀両断に切り裂くほどの凄味と実力を兼ね備えた人物である。今から十年程前に突然他界した。藩内では毒殺されたのではないかという噂が流れるほどの急な死だったのである。忠通の嫡男は僅か十歳。そこで実弟の忠照が家老職を引き継いだ。兄忠通とは違い忠照は温厚にして柔和な表情をしているが、謹厳実直頑固一徹。正論を貫き通す堅物である。そして三男の忠治。忠照とは一つしか歳が離れていないうえに瓜二つの容貌。ところが、家を継ぐわけでもないため、若い頃から吉原通いもする放蕩三昧。喧嘩に賭博にと藩でも対処に窮している厄介者。

「……あの忠治が自分の妹を手に掛けて……」

「蜂須賀家二十五万石を動かせると思いついたら、やりかねないお方なのでは」

幸之助の視線に綱矩は頷いた。

「恐らく市中で八潮の方によく似た女を見かけたのでしょう。自分の息のかかっている女を八潮の方として手懐ければ、御前様をも後ろで操れると考えた」

幸之助の小さな笑みを捉えて綱矩は笑い出す。

「やはり馬鹿はあくまでも馬鹿よのう。わしの相手をする女をすり替えて、露見せぬと思うたのか。わしも随分見くびられたものよ。本人が忠照と入れ替わった方が余程首尾良く進んだものを」

「そんなに似てらっしゃるのですか」

綱矩は頷く。

「他人の空似とはよく言うが、兄弟でああも似ていると、ちと、気味が悪い。とは言え、話をすればすぐに露見する。忠照と忠治では人間の出来がそもそも違う」

幸之助は内心苦笑する。今回は外見ではなく、人間の本質を見抜く能力を試されるような事件だ。

「淡路守様。五日後に当藩で茶会を催しましょう。その際に八潮の方と忠治殿をご同行させていただきとうございます」

「あの八潮と忠治を」

驚いている綱矩ににっこり微笑む。

「今回のこと、相模守は内々に収めたいと申しております。忠治殿が犯人と決まってはおりませぬが、こちらから仕掛けてみる価値は有りと存じますが」

「……したが、忠治が承知すまい」

「ご家老忠照殿は、前日より俄に発病。腹の調子が悪く厠通い。茶会の席など出席ままならぬ様態。お流れになった茶会の代わりにという老中の招きとあらば礼を逸しては今後の藩政にも影響有り。急遽、瓜二つの忠治殿に成りすましていただく」

綱矩は苦笑する。

「さすがご老中の懐刀と言われるだけの御仁。怖いものだ。今後そなたを敵に回しとうはないな」

「恐れ入ります。では、五日後に薬園坂の下屋敷にて九ツ（正午）過ぎに、お待ちいたしております。」

「相分かった」

幸之助は蜂須賀家を後にした。


高見沢はどうしても藤色の襦袢が気にかかった。朝から難しい顔をしている高見沢の顔を菊乃が覗く。

「お稽古に出かけてきますからね」

菊乃は三味線を抱えて出かけていった。

暖かい陽の入る部屋。静かでのどかな佇まい。常連ののら猫がごろ寝をしている高見沢の胸元へすり寄ってきた。

「お前さんも暇か」

猫を撫でているうちに寝てしまう。

一刻半（約三時間）ほどで菊乃が帰ってきた。二人、いや一人と一匹の仲睦まじい昼寝姿にけたけた笑う。

「……帰ったのか……」

「風邪を引きますよ」

体を起こし背伸びをする高見沢。猫も真似して伸びをする。菊乃は箪笥の上にある茶筒を取ると蓋を外した。その音を猫は聞き分け菊乃の足下へ勇んで駆けつけ座る。

「こやつ、すっかりその気になっているぞ」

茶筒の動きを真剣な眼で見つめ追いかける猫に高見沢が肩をすくめる。

「良いじゃありませんか」

菊乃は煮干しを一つ手にしてしゃがみ猫にやる。煮干しにかじりつく猫をしばらく見つめていた菊乃が視線を高見沢に移した。

「桜井様は今、お忙しいですか」

「さあてな。忙しいのは目明かしと下っ引で、あいつは暇人よ。何かあったのか」

菊乃は三味線の姉妹弟子である梅駒の話しをした。数日前から稽古に姿を見せないので体調でも崩し臥せっているのかと思い、今日住んでいる長屋に人をやって様子を見に行かせた。梅駒がいた部屋は十日程前に引き払われ綺麗さっぱり片づけられていた。隣近所に聞いたが詳しいことは何一つ分からない。

「稽古熱心で無断で休むなんてこと一度もない真面目な子なんですよ。急に姿を消すなんて何か良くないことにでも巻き込まれてやしないかと、お師匠さんと心配してしまって」

またしても人捜し。はてさて桜井はどんな顔をすることやら。高見沢は猫をからかいながら笑う。

翌日。高見沢と菊乃は南町奉行所へ出向いた。

「人捜しだと？」

桜井は菊乃を見つめる。

「申し訳ありません。お忙しいのに」

菊乃の横で笑いを堪えている高見沢を睨む。

「全くな。どうして同じ仕事ばかりが重なるのやら」

大きな溜息をつくと人相書きの準備をする。

「梅駒の顔を教えてくれぬか」

菊乃は思い出しながら目鼻立ちを語る。紙に描かれる顔。表情がはっきりするにつれ桜井の顔が険しくなった。

「何だ。お主の知った顔か」

高見沢が眉間をひそめている桜井を覗く。桜井は肩をすくめる。

「埋められていた仏さんだ」

桜井の重い言葉に菊乃の顔が青ざめる。

「……梅駒ちゃん……」

「身元が判明したならば、犯人探しも容易になる。菊乃。辛かろうが、必ずや犯人を挙げるゆえ堪えてくれ」

「……よろしくお願いいたします」

深々と頭を下げる菊乃の頬に涙が伝う。

「桜井。芸者は藤色の襦袢など着ぬと思うが」

真面目くさった高見沢に肩をすくめる。

「まだ繻袢にこだわっているのか」

「どうしても引っかかる」

桜井は高見沢の懸念を笑い飛ばした。

「それも調べよう」

桜井は早速菊乃の情報を基に梅駒の身辺を調べさせた。

幸之助は上屋敷へ戻ってくると政直に茶会を催したい旨話しをする。

「何が起こるか予想がつかぬな。お浜に茶を点てさせるつもりだろうが、くれぐれも注意を払え」

幸之助は静かに微笑む。

「それは十二分に承知いたしております」

政直は苦笑する。

「ま、そちが側に付いていれば鬼も近づけんだろうがな」

「ご安心ください。必ずや私が守りますゆえ」

涼しい顔で答える幸之助に声をあげて笑う政直。堅物幸之助もお浜には骨抜きか。男は女で変わると言われるが、本当だなと感じる。

「御前。事と次第によっては最悪の事態も有りと思われます。御前もご出席いただければ幸いかと」

政直は肩をすくめる。

「先にも申したが、わしが出張れば見ぬふりもできぬ。幸之助の裁量に任せるゆえ、好きにするが良いぞ」

「はっ！」

幸之助は深々と頭を下げた。七ツ（午後四時頃）の鐘が鳴り響き辺りは心持ち暗くなる。中奥の廊下を歩いていると目の前に照之進が躍り出てきた。険しい顔で幸之助を睨む。

「何かあったか」

「とぼけるな。刺客など送り込んで余計な世話を焼くな。俺は俺のやり方でこずえをなびかせてみせる」

いたくご立腹の照之進は言いたいことだけ言い放ち消えた。幸之助は肩をすくめる。何を息巻いているのやら。言っている意味もさっぱり分からない。

家に戻ると幸之助はゆっくりと書物を読み食事を待った。時の鐘が六つ鳴り響く。さすがに暗くなり行灯に火を入れる。それでも風は温く春本番。食事を済ませると久しぶりにお浜の顔を見ようと佐野の家へ。

「坂崎様がお見えです」

こずえは本を膝に乗せぼうっと遠くを見ているお浜に声をかけた。

「ごめんなさい。今、参ります」

お浜は幸之助が待つ奥の部屋へ向かう。

「お浜でございます」

「入れ」

いつもと変わらぬ温かい幸之助の微笑み。お浜は涙がこぼれた。

「どうした」

慌てて幸之助が駆け寄る。

「申し訳ありません。何だか嬉しくて……」

お浜の肩を抱き幸之助は苦笑する。

「何かあったと見えるな。正直に申してみよ」

お浜は慌てて幸之助の腕から飛び退くと両手を突いて深々と頭を下げた。

「下屋敷から戻ります際、こずえさんが襲われました。どこかの御家中の方とお見受けしましたが、こずえさんが狙われる理由が分かりません。すんでの所を小橋様と久保様に助けていただきました」

幸之助は腕組みをしながらお浜を見つめる。先程の照之進の捨て台詞はどうやらこのことのようだ。

「場所はどこだ」

お浜は言葉に詰まる。

「……目黒不動尊の側で……」

平伏しているお浜を見つめ幸之助は笑い出す。

「おてんば娘にも困ったものだな。喜佐殿に内緒で桜見物にでも繰り出すつもりだったか」

やはり幸之助にはばれてしまったようだ。

「申し訳ありません」

畳に額をこすりつけ謝るお浜。幸之助はお浜の顎を引き上げる。

「そなたに何かあらば私は生きてはおれぬ。気をつけて……」

幸之助はお浜の瞳に映る自分の顔を見つめた。南麻布の下屋敷から目黒不動尊へ向かうならば三の橋を渡り蜂須賀家の下屋敷の前をやり過ごすことになる。外部と接触を持たないこずえを手に掛ける理由はただ一つ。桜井の屋敷にいたそっくりさんと間違われたからだ。

「こずえを襲ったのは武士なのだな」

鋭い視線で見つめられお浜は再び平伏した。

「申し訳ありません」

幸之助はお浜を抱き寄せる。

「いや、お手柄かもしれぬ」

驚いているお浜に優しい微笑みをおくる幸之助。

「五日後、薬園坂の下屋敷で茶会を催す。手前をしてくれ」

「……はい……」

「前日から準備に屋敷へ出向くが、何が起こるか分からぬゆえ、今回は駕籠に乗ってくれ。良いな」

お浜は幸之助を見上げた。

「こずえさんが襲われましたことと何か関わりがあるのですか」

「これから確かめねばならぬが、恐らく、大ありだ。今回の茶会にこずえは同道させぬ。命に関わると話しておくのだぞ」

「……はい」

不安げに自分を見つめているお浜の唇を奪う。

「お浜は私が必ず守るゆえ安心してくれ」

幸之助の温かい腕がお浜の体をしっかりと抱きしめる。お浜は大きく頷いた。

「前日、九ツ（正午）に迎えに来よう」

「はい」

幸之助は佐野の家を後にすると着替えて市中へと出かけた。八丁堀岡崎町桜井の役宅へ足を向けたが、ご本人は喜楽かもしれない。路地で迷ったあげくやはり喜楽へと進む。玄兵衛が暖簾を入れているところだった。

「これは」

玄兵衛が頭を下げる。

「桜井殿はおられるか」

「いいえ。今夜は奉行所の方でございます」

「遅くにすまなかった。またゆっくり寄らせてもらうぞ」

温かい笑みを残し幸吉は南町奉行所へ向かう。門番に桜井に用事があることを告げる。暫くすると中へ入るようにと言われる。潜り戸を通り抜けると玄関に桜井が立っていた。

「ただ事ではないな」

「ああ」

「庭へ回ってくれぬか」

植木屋の格好をしている幸吉を正面玄関から中へ入れるわけにはいかない。幸吉は庭に回る。暫くすると灯りが点っている部屋の障子が開き桜井が手招きをする。

「何事だ」

「お主の家にいる娘だが何故かくまっている」

どうやら今回の事件の糸口を見つけたらしい。桜井は菊乃から頼まれた梅駒の人相書きを見せ、殺された原因を探っていることを告げた。

幸吉は大きな溜息をつくと人相書きの顔をまじまじと見つめる。八潮の方はやはり殺されていた。

「あの娘、死体を運んでいるところでも目撃したのか」

桜井は肩をすくめる。

「全くお主の千里眼には驚嘆だ。どうして分かる」

「殺されたのは梅駒ではない。阿波徳島藩蜂須賀家松平淡路守綱矩公の側室八潮の方だ」

「な……なんだと！」

「梅駒は八潮の方に成りすましている」

桜井は斜に構えて幸吉を見つめた。

「もしや、こずえ殿が刺客に襲われたとか」

幸吉は苦笑した。

「鬼の桜井、さすがに読みが早い。八潮の方は藤色がお好きで、淡い藤色の打ち掛けがよく似合う品ある佇まいのお方だった。ところが今の八潮の方は眩しいくらいの緋色の打ち掛け。漂う品などかけらもない。芸者と聞けば納得だ」

「こちらの仏さん、藤色の襦袢を羽織っていたのだ。高見沢が芸者はそんな色の襦袢など身に着けぬとしつこく言っていたが、やはりそうであったか」

「菊乃姉さんは梅駒のことをよく知っているのだな」

「ああ。この人相書きは菊乃の言葉を元に作らせたものだ」

暫く腕組みをしていた幸吉はくすくす笑い出す。

「これは一興。桜井殿にも一役買ってもらおう」

「何だ？」

幸吉は蜂須賀家の内紛の話しをする。

「五日後の茶会、偽物の八潮の方と家老吉田殿が顔を揃える。こちらも贋のこずえで出迎えたいのだが、首改めも必要。菊乃姉さんにも同席してもらいたい。駄目だろうか」

桜井は一瞬体を硬直させた。

「芸者の格好ではまずかろうから、当藩の侍女として支度は整えておく。桜井殿と高見沢殿にも当藩の者として同席願えれば、最悪の時でも対処がしやすい」

幸吉の笑顔にますます顔を強ばらせた。

「我らが出向くのは何ら問題ないのだが……菊乃は……」

「もちろんお座敷の段取りもあろうから」

「……あ……いや……それは……すまぬ。私では即答できぬのだ。明日……連絡させてくれまいか」

歯切れの悪い態度。いつもの桜井らしくない。

「すまぬな」

珍しく桜井が動揺している。

「お文と申したなあの娘」

「……あ……ああ」

「茶会前日の昼八ツ（午後二時頃）頃駕籠を役宅へ向かわせる。念のためにお主が護衛をしてくれると
ありがたいのだが」

「それは構わぬが」

「菊乃姉さんの件、善処いただけるとありがたい」

幸吉はにっこり微笑むと奉行所を出て行く。

桜井は特大の溜息をもらす。菊乃を武家屋敷へ連れて行くこと、果たして高見沢が承知するのだろう
か。

翌日、桜井は葺屋町の菊乃の家へ出かける。幸吉から聴いた話しをすると高見沢は暗い顔をした。

「気が進まぬが、仕方ないのであろう」

「菊乃本人は梅駒の無事を確かめたいと言い出すであろうしな」

芽吹きの鮮やかな緑を写し取ったような着物地に花鳥風月という文字が白抜きで書き込まれている奇
抜な着物を真っ白の兵児帯で着こなしている高見沢は腕を組み遠い瞳で宙を見つめている。

「いつか、このような時が来ると思っていた。今更じたばたするは見苦しいか。桜井。坂崎に承知した

と伝えてくれ。当日四ツ（午前十時頃）確かに伺うとな」

明るく微笑む高見沢。

「地獄へ堕ちるときは私も一緒。菊乃を独りにはさせぬ。心配するな」

「……高見沢……」

からからと笑う高見沢に肩をすくめる。

「どこまでお人好しなのだ。呆れる」

高見沢はすっくと立ち上がると障子を開けた。柔らかい春の陽が部屋に差し込む。淡い青い空には雲雀が高い声をあげながら飛んでいる。

「今となっては……惚れた弱みだな」

高見沢の笑顔が桜井にはとても重く感じた。

茶会の前日、幸之助に付き添われ駕籠で下屋敷へ入るお浜。案の定青い顔にふらつく足取り。

「やはり、相当苦手と見えるな」

幸之助に抱きかかえられ建物の中へ入った。暫く横になっていると桜井がお文を伴い現れる。

「手数をかけさせて申し訳ない」

「いや」

「明日もよろしく頼む」

「承知した」

お浜はお文に温かい笑みを漏らす。

「さ、着替えましょう」

躊躇しているお文をよそに、髪を島田に結い直し、淡い桜色の着物を着せる。

「似合いますよ」

お文は恥ずかしいやら嬉しいやら。

「明日、茶会の接客をしなければなりません。立ち居振る舞いをお教えしますので今日のうちに会得してください」

「はい」

障子や襖の開け閉め。畳での足運び。お辞儀の仕方。簡単な受け答え。まさに自分が教わってきたことだ。お文は桜井の家でだいぶ仕込まれたのであろう、夕方にはそれらしい振る舞いができるようになる。

食事を済ませた後、お浜が幸之助に茶を運ぶ。

「滑稽だな」

澄んだ空にぽっかりと浮かぶ満月。空気もだいぶ暖かくなり外の気持ちよさは格別だ。

お浜はくすくす笑う。

「本当に。こずえさんから教わりましたことをこずえさんに教えているようで、何だかこそばゆい気がします」

幸之助は廊下に座って静かに微笑んでいるお浜を見つめた。

「しかし、大したもの。たった一年で誰もが認める武家の姫君だ。やはり血は争えぬな」

お浜は驚いた。幸之助から自分の血筋のことを言われたのは初めてだ。

「坂崎様……私は……血の繋がりなど……考えたこともありません」

幸之助はお浜の脇に腰を下ろすと肩を抱き寄せる。

「困らせるつもりで申したのではない。人には生まれ持った素質というものがある。それは、育ちがどうであれ変えられぬもの。お浜が掏摸(すり)であろうと同心のイヌであろうと盗賊の引き込みであろうと、持って生まれた素質は大名の姫だ。これは抗えぬ。大名の姫には大名の姫としての場を整えさえすれば過去など関係なく基の水に変えるもの。お浜がその良い例だ。そうであろう」

お浜は顔を上げ幸之助を見つめ返す。

「余りにも世界が違いますから自分ではよく分かりません。ただ、こうして坂崎様に大切にしていただけるのは本当に幸せだと思います」

幸之助は一瞬息を呑む。この頃のお浜は自分に対して素直すぎる。御前のお子であることさえ忘れて自分の欲望を貫き通しそうになる。はやる心を断ち切るようにお浜を胸から離すと苦笑いをした。

「早めに休んでくれ。明日は血生臭い一日になるやもしれぬ」

お浜の顔が見る見る強ばる。幸之助は抱きしめた。

「辛い思いをさせてしまうかもしれぬ。しかし、私にはお浜に甘えるしか策がないのだ。許せ」

「……八潮の方の無念が晴らせますのなら……」

応えた小さな声は心なしか震えている。

「許せ」

小さく首を振るお浜。恐怖心を噛み殺しているのが分かる。幸之助は腕が解けない。このままお浜を放っておくことなどできない。抱き上げ部屋に入るとそのまま組み伏した。帯を解き、腰紐を解き、着物がさらさらと拡がる。襦袢一枚のお浜の瞳から涙がこぼれる。両手で顔を覆うお浜。幸之助はお浜の手を畳に押さえつける。襦袢の裾を膝で割り足を絡めた。目を閉じているお浜の唇を奪うように唇を重ねる。荒々しく襟を開くと艶やかな肌が行灯の明かりに照らされなまめかしく白く浮き立つ。幸之助は露わになった胸に舌を這わせる。お浜は抵抗することもなく涙を流すばかり。力無く柔肌を曝し泣いているお浜の姿で幸之助はやっと我に返る。お浜の涙を指で拭う。無造作に広がった着物でお浜の体を包む。

「すまぬ。どうかしていた。休んでくれ」

幸之助が体を離すと同時にお浜は飛び起きると部屋を飛び出して行く。

取り残された幸之助は大きな溜息をつく。成り行きとはいえ自分を抑えられなかったことに情けなさを感じる。お浜を傷つけた。何とも後味の悪い夜だ。

翌朝、桜井に高見沢と菊乃が屋敷へ訪れる。桜井も高見沢も裃姿。変に緊張している高見沢に菊乃は笑いっぱなし。

「朝から仏頂面なんですよ。着慣れないものを着ているからなんでしょうね」

菊乃は浅黄色の地に白抜きの麻の葉模様の着物を、襟を大きく抜いて白と黒の縞の帯で着こなしている。涼しい笑顔が何とも粋。江戸屈指の芸者菊乃ここにありといった風情。

「どうぞこちらへ」

淡い藤色の地に濃いめの桃色と白とで桜を象った花小紋の着物を着ているお浜が菊乃を案内する。

「喜楽のお浜ちゃんとは別人ね。何だか畏れ多いって感じだわ」

お浜は肩をすくめる。

「中身は変わっていないんですけれど」

菊乃の髪を島田に結い、お文と同じ着物を着てもらう。

「あらいやだ。馬子にも衣装ってよく言うけれど、根っからの芸者でもそれらしく装えばお武家様のお女中ぐらいには見えるものなのね」

鏡に映る自分の姿に驚く菊乃。

「菊乃さんは何を着てもお似合いですね」

「化け映えするだけかしらね」

けたけた笑う菊乃だが、どこから見ても武家の女。芸者とは決して感じさせない雰囲気がある。

「お文さん。入ってください」

隣の部屋にいるお文に声をかけた。襖を開け入ってくるお文の仕草をお浜は見つめた。どうやら昨日一日の俄修行も成功の様子。

「今日一日、お二人には土屋家の侍女になっていただきます。茶会にお見えになるのは蜂須賀家のご当主松平綱矩公とご側室の八潮の方、お供のご家老吉田様です。私の介添えとして動いていただきます。どうぞよろしくお願いいたします」

お文は客の素性を知らされ体を震わせた。

「私が側にいますから、自然に振る舞ってくださいね」

「そんなこと言われても、お大名の御前様の席になんか、恐ろしくて」

お浜は微笑む。

「お文さん。大名と言っても同じ人。生まれ落ちた場所が違っただけ。身分の差はあっても人間であることに変わりはない。捕って食うようなことは決してありませんから安心してください」

「……粗相をしたらどうしよう」

お浜はくすくす笑う。

「大丈夫。女のしでかす粗相など愛嬌です。笑って謝りましょう」

凛と構えるお浜の姿。

来訪者の名を聞いて、菊乃もお文同様気後れしていた。芸者と客ならば相手が誰であろうと構わないが、武家の侍女として対応しろと言われたらどこでぼろが出てしまうか、分からない。お浜の笑顔に菊乃も救われた心地だった。

茶の湯の準備にお浜が動き出すとお文も菊乃も一緒について回る。

「菊乃さん。床の間の花を少し掛け軸の方へ動かしていただけますか」

「はい」

そこへ幸之助が現れる。

「お浜。そろそろ綱矩公がお見えになるが、準備はよいか」

「はい」

視線を合わせぬようお浜は深々と頭を垂れた。幸之助は苦笑する。夕べの今朝ではやはり気まずい。その時、菊乃の立ち居振る舞いが目に止まる。いつ武家で行儀見習いなどしたのであろうか。畳の歩き方にしろ着物の裾捌きにしろ、極々自然、短時間で覚えたものではなく身に染み付いているものだ。そして、堅苦しいくらいきちんと着ている平凡な着物姿から漂う品格も武家のもの。ともするとお浜より自然体に見えるくらいだ。桜井が見せた煮え切らない態度とやけに無口で怖い顔をしている高見沢の姿をも合わせ考えれば、菊乃は武家の娘だが訳あって芸者を演じているといったところか。

九ツ（正午）の刻の鐘が鳴ってしばらくすると、綱矩と八潮は供に家老の吉田と二人の家臣を従え駕籠で到着する。今日も八潮は相も変わらぬどぎつい緋色の打ち掛け姿。吉田はどう見ても本物。幸之助は綱矩を見やる。綱矩はにっこり微笑む。綱矩の表情から察するに計画通り吉田殿は偽物なのだろうがまさに瓜二つ。何ヶ月に一度しかお目にかからぬ程度では面識があるとは決して言えないのだなと改めて感じる。自分には本物と偽物の区別は付けられない。

一行はお浜が待つ部屋へ向かう。部屋の前では桜井と高見沢が仰々しく出迎える。幸之助が席次を示し綱矩と八潮は床の間を背に座った。菓子を出したのがお文。その姿に廊下で控えていた供の一人が顔色を変える。

お浜は道具を次々と運び入れる。その姿を食い入るように見つめる綱矩。

幸之助は綱矩を見やる。

蜂須賀家の家臣吉田家と土屋家の家臣佐竹家は縁戚だった。八潮と美浜は幼い頃から仲がよく行き来があった。その縁もあり、蜂須賀家と土屋家は今も懇意にしている。快活で春の陽のようと言われた美浜は花なら桜、奥ゆかしく芯の強い才女だった八潮は藤娘のようだと言われていた。光圀が二人を妹のように可愛がっていたこともあり、華やかな二人は桜籐の姫と言われ殿方の目を惹いたものだった。

お浜は最後に建水(けんすい)を運び入れ炉の前に座った。

そこで水屋の戸を閉め入ってきたのが菊乃である。八潮は菊乃を見入る。なぜこんな場所に三味線の弟子仲間菊乃が居合わせているのか。いや、よく似ているだけで他人なのだ。自分が誰かに似ていたように、目の前の菊乃も本当は菊乃ではないのである。そう自分に言い聞かせたものの気にならないはずはなかった。綱矩の問いかけにも上の空。

「八潮。いかがした」

考え込んでいたところに急に声をかけられ慌てる。

「……あ……いえ……」

「気分でも悪いのか」

「……いえ……そのようなことは……」

「菓子をいただけ」

おぼつかない手付きで菓子鉢へ箸を入れる。青紅葉をかたどった餡にうっすらと葛をうってある爽やかな見た目にも美しい菓子である。箸で掴んだはずがぽろりと落ちて畳を転がる。失態に慌てふためく八潮。綱矩はいぶかしげに八潮を見つめた。

「何をしているのだ。いつものそなたらしくないな」

この一言は八潮をいや梅駒を動揺させた。見上げた菊乃は含み笑いをしている。

「代わりをお持ちいたします」

菊乃がすっくと立ち上がり水屋から新しい菓子を運んできた。梅駒の面前に座り微笑む。

「どうぞ、お気になさいませぬように」

聞き覚えのある声。やはり菊乃なのか。

険しい顔を見せた梅駒ににっこり微笑む菊乃。やはりこの侍女は菊乃である。自分の正体を知っている。梅駒は平常心を保てない。顔が青ざめまともに座っていられない。

「八潮の方。お加減がお悪いようでしたら奥でお休みください」

幸之助が声をかけた。同時に桜井に目配せで奥へ案内するよう指示する。

「申し訳ありません。お言葉に甘えて……少し休ませていただきます」

ふらつく足取りの梅駒をお文が支え桜井の先導で奥へと進む。心配顔の吉田が綱矩に声をかけた。

「ご様子を見て参ります」

吉田は梅駒の後を追う。

奥に用意してあった布団に梅駒を寝かせるとお文は脇で見守る。

「水をお持ちいたしましょうか」

「いえ、結構」

偽吉田が追い付く。廊下で控えている桜井に下がるよう命じた。桜井は一礼するとその場を去る。偽吉田は注意深く辺りを見回し部屋に入った。桜井は吉田が部屋に入るのを廊下の陰から確認しそっと隣の部屋に身を隠す。

「そなたも下がれ」

お文は部屋を後にする。静まり返ったのを確かめると忠治は梅駒の枕元に駆け寄った。

「何を狼狽えているのだ」

「お女中の一人が芸者の菊乃姉さんなんですよ。私の正体を知ってるって様子でした。このままじゃ御前様にもばれちまいますよ。どうするんです」

「馬鹿馬鹿しい。他人の空似であろう」

「いいえ。あれは菊乃姉さんです」

取り乱している梅駒に特大の溜息をもらす。

「今更後には引けぬ。貫き通すのみ。それができぬのであれば、お前にも死んでもらうしかあるまい」

忠治は出ていった。梅駒は呆然と天井を見上げた。何という馬鹿なことをしでかしたのか。忠治の「贅沢な暮らしをしてみないか」の一言に惑わされ、ほんのままごと遊びのつもりで大名の側室を演じたつもりだった。実際は藩を自分で操りたい忠治の策にまんまと嵌められたのだ。忠治は表に一切出ず自分を通じて綱矩を動かす魂胆。しかし、芸者の自分では大名の側室など端から務まるはずがなかった。俄仕込みの知識では何一つとして太刀打ちできなかったのである。

「……どうしよう……」

梅駒は溜息をもらす。そこへ桜井が静かに入ってくる。

「……な……誰！　ぶ……ぶ……無礼……」

慌てふためく梅駒の腕を掴まえ桜井は睨む。

「騒ぐな。神妙にお縄を頂戴してもらおうか、梅駒」

その言葉になぜかほっとした梅駒は静かに頷く。桜井はくすりと笑った。

「人間には皆自分の生きる世界ってもんがある。それを分相応って言うんだぜ。背伸びしたって繕ったって芸者は芸者。大名の側室の身代わりなんぞできっこないと、今頃分かっても、ちいっと遅いがな」

梅駒は一切抵抗しなかった。

茶室に戻ってきたお文に幸之助が言葉をかけた。

「八潮の方のご様子はいかがだ」

「……お顔の色があまり良くないです……」

「少しゆっくりしていただこう」

お浜は点てた茶を綱矩に勧める。綱矩は茶を一気に飲み干した。

「見事な手前。美味い茶だ」

お浜は深々とお辞儀をした。

「茶の湯に通じていらっしゃいます淡路守様のお口に合いますかどうか、心配しておりました」

「いやあ……湯加減といい、香りといい、旨みといい、なかなかじゃ。これほどの茶を点てられる者はそうおらぬ。そなた……もしや……」

綱矩の問いに幸之助が割って入る。

「お浜と申します」

深々と頭を下げているお浜をしばらく眺めていた綱矩は笑い出す。

「……お浜とな……もしや、水戸の綱条殿を唸らせたとかいう侍女か」

お浜は顔を上げるとにっこり微笑む。

「不作法ゆえ皆様に叱られております」

「いやいや。あのお方に叱責されたにもかかわらず弁明をするなど、私でもできぬこと。にもかかわらずご寵愛とか。凄い女子が土屋家にはいるともっぱらの噂でな。さぞかし強者かなと思っておったが、どうしてどうして。このように愛らしい女子とは」

「今はまだ猫を被っております。そのうち虎になるやもしれませぬ」

綱矩はお浜を見つめ楽しそうに笑う。

「では、猫のうちにもう一服頂こうか」

「畏まりました」

お浜は満面の笑みを湛え綱矩を見つめた。

「坂崎殿に礼を言わねばな」

幸之助は首を傾げる。

「この頃、気分が滅入ることばかりだったが、この席にお招きいただき、心が和んだ。有り難い限りよ」

綱矩の見せた一瞬の暗い顔。やはり、八潮の方を失った心の傷は大きいのであろう。それも藩内の不穏な動きであれば、尚のこと。

「お浜の手前でよろしければいつなりとも仰ってください。お伺いさせましょう」

「真か」

綱矩はお浜を見やる。

「はい。猫でいられますよう精進いたしておきます」

綱矩は声を上げて笑った。

障子を開け放してある茶室からの庭の眺めは、新緑の淡い柔らかい木々の芽吹きが色を増し緑とは一言で言い得ない自然の息吹の美しさを感じる優しい趣。茶室を渡る風は春の暖かさを運ぶ心地よいもの。湯の沸く音。小気味よい茶筅の響き。和やかな時間が流れる。

奥から戻ってきた忠治に供の一人が耳打ちする。

「あの芸者を支えて行った侍女は偽物です」

「……何だと」

「本物を埋めるとき見られてしまった百姓娘です。先達ても見つけましたので始末しようとした際、茶を点てています女と二人の武士に邪魔され、後を付けましたら土屋家の上屋敷へ入っていきました。上手く化けたつもりでしょうが間違いございません」

忠治は考える。梅駒が本当は芸者だという侍女も他人の空似ではなく本物なのかもしれない。ここまで考えてやっとなぜ自分がこの場に居るのかを把握した。まんまと嵌められた。兄の急な病も芝居なのだ。このままでは自分の身が危ない。

「良いか。私の合図でそちは右の侍女を、私が左の侍女を殺る」

「……忠治さ……ご家老……それはあまりにも……」

「相手は単なる芸者と百姓娘。土屋家の人間ではない。斬り捨てても文句の言いようがあるまい」

「……しかし……場所柄もありますゆえ……」

「己の命とどちらが大切か」

「……それは……」

供の侍は仕方なく同意する。忠治は真剣な瞳で頃合を図る。

お浜の笑顔とたわいもない会話。上機嫌な綱矩の明るい笑い声。薬園坂に八ツ（午後二時頃）の刻の鐘の音が拡がる。

「楽しき時間を過ごさせていただいた。そろそろ暇（いとま）をせねばならぬかな」

綱矩が幸之助を見やる。幸之助がお文を見やる。

「八潮の方のご様子を確認してくれ」

お文が一礼をして立ち上がり部屋を出ようとした瞬間、忠治の供が刀を抜きお文に斬りつけた。お文の悲鳴を合図に忠治が菊乃に刃を突き立てる。

廊下で控えていた高見沢は忠治の供がお文に振り下ろした刀を瞬時に跳ね返す。あまりの早業に供の者が狼狽え体勢を崩した隙に、体をひらりと躱（かわ）し男の背後に回り込み肩を鷲掴みにして首根っこに銀鋭を突き付ける。

菊乃に向けられた忠治の刀は幸之助が叩き落とした。手からこぼれ落ちた刀を拾おうと慌てふためき四つん這いになっている忠治の背中を踏みつける幸之助。畳につぶれた忠治の目の前に勢いよく刃先を突き立てる。

「動かれるな」

「ぶ……無礼者！　蜂須賀家の家老に対して何たる思議！」

幸之助は厳しい顔で忠治を見定める。

「悪あがきは仕舞いにしていただきましょう。忠治殿」

「な……何！」

忠治は幸之助を睨み返す。

「いい加減にせい。そちが八潮を手に掛け芸者とすり替えたこと、既に露見している。本来ならばこの場で首を刎ねたいところだが、蜂須賀家の行く末を案じて内々にとお取り計らいくださったご老中のお心遣いを無にすることはできぬ。屋敷へ帰るまでは息あるものと心得、己の所業をゆっくり省みるのだな」

忠治はがくりと力を落とす。幸之助が足を外した瞬間、刀を畳から抜きお浜の背後に回り込む。

「私を甘く見るな！　女。立て！」

忠治はお浜を盾に少しずつ前へと進む。

「忠治。やめよ！」

「御前。どうせ藩に戻ればなくなる命だが、逃げおおせれば拾いものというもの。己の運試しですよ。さっさと歩け」

足を踏ん張るお浜を刀で脅しながら廊下を先へ先へと進む。幸之助が後を追う。桜井は高見沢が捕らえている侍の鳩尾に一撃を加え気絶させた。二人も幸之助を追いかける。

「どうするつもりだ」

桜井が幸之助に尋ねる。

「私は門へ先回りする。二人はこのまま追ってくれ」

幸之助は廊下から飛び下り庭を横切り門へと向かう。

外へ出た忠治はお浜の手を引き門へ向かってまっしぐらに走り出す。桜井と高見沢がすぐ後ろを追いかける。門の前では幸之助が待っていた。

「忠治殿。ここまでですかな」

幸之助が刀を構えた。忠治はお浜の首に刃先を当てる。

「この女がどうなっても良いのだな」

幸之助はふわりと笑う。

次の瞬間、凍り付くような鋭いまなざしで忠治を睨み、刀を構え直す幸之助。

「それは困りますな。私の大切な妻ですゆえ」

忠治はただならぬ殺気に射貫かれ息を呑む。

その一瞬の忠治の隙に高見沢が右肩口目がけて刀を突き立てた。同時に桜井が忠治の右手首を掴まえお浜の首筋に触れている刃先を引き離す。忠治がひるんだところで幸之助はお浜をしっかりと胸に抱きしめる。お浜の確保を確認した高見沢は切っ先を抜く。血しぶきとともによろける忠治。刀を杖にやっとのこと自分の体を支える。

「……殺せ！」

「そうはいかぬな。屋敷でしっかり詮議してもらわねばならぬからな」

桜井は忠治の体を御用縄で縛り上げた。初めは大声で騒いでいた忠治だが次第に大人しくなる。

お文は綱矩に、高見沢に捕り押さえられた加納の他に二人の侍が八潮の方を埋めに来たことを話した。

「屋敷に帰って詳細の追及をいたそう。そなたにも迷惑をかけたな。これからは安心して畑仕事に精を出してくれ」

綱矩はお文の肩を優しく叩く。お文は恐縮して平伏す。

「相模守様にくれぐれもよろしくお伝えくだされ。八潮の件、病死と届け出いたしておきます」

「ご遺体は後ほど、こちらの南町の同心桜井殿が極秘で上屋敷へお届けに上がりますので」

綱矩は桜井を見つめて微笑む。

「町方にも迷惑をかけたな。忝ない」

「いいえ」

桜井は綱矩の前に平伏し深々と頭を下げたあと仰ぎ見る。

「淡路守様。誠に勝手な願い出であることは重々存じておりますが、梅駒にご寛大なるご処分をいただけますれば幸いに存じます」

再び深々と頭を下げている桜井に綱矩は笑う。

「安心せよ。事情を聞いたら屋敷から身包み剥いで追放してくれるわ」

「ありがとうございます」

菊乃も深々と頭を下げた。

「坂崎殿。子細に至るまでのご配慮、痛み入る。本当に忝ない。蜂須賀二十五万石潰さずにすみそうだ」

幸之助は静かに首を振る。水面下で事を収めてしまえば、藩取り潰しに躍起になっている柳沢に嗅ぎ付けられることもない。由緒ある大藩をそうそう易々と潰してばかりでは、武士の反感を買うばかり。強いては上様と諸藩の信頼が揺らいでしまう。

「ところで、ちと、尋ねたいのだが」

綱矩がお浜を見やり幸之助に微笑む。幸之助は頷く。

「申し訳ございませんでした。隠すつもりではなかったのですが、ご推察の通り、美浜殿の娘でございます」

「やはり」

綱矩は遠い目をする。

「若かりし頃へ引き戻されるようだな。八潮が存命ならばさぞや喜んだであろうな」

「淡路守様。先ほどのお話、お浜の手前でよろしければ、また、茶会を催します」

綱矩は微笑む。

「諸々の礼も兼ねて、今度は当家の茶会へお越しくだされ。相模守様もご一緒に」

「ありがとうございます。藤を拝見できましたら恐悦至極かと」

「では藤の頃に準備いたそう。お浜も是非にな」

温かい綱矩の言葉に幸之助とお浜は深々と頭を下げて、綱矩の乗る駕籠を見送った。

一件落着。皆が帰った下屋敷は静まり返っていた。幸之助は茶室にした部屋を片づけているお浜を見つめていた。

「お浜」

幸之助の声に体を硬直させたお浜。幸之助は苦笑する。

「夕べはすまなかった」

お浜は無言のまま片づけを終える。

「私の話しを聞いてくれ」

部屋を出て行こうとしたお浜の腕を掴まえ自分の前に座らせた。

「怒るな」

お浜はうつむいたまま。

「私も男ゆえ、感情を抑えられぬ時とてある。恐怖に駆られたそなたをあのままにしておけなかったのだ」

「……抱いてくだされば良かったものを……」

お浜の言葉に耳を疑う。

「……怖くて眠れませんでした……」

「……お浜……」

「……血しぶきと悲鳴と……昔の惨状が脳裏に蘇って……」

「泣いていたのはそのせいか」

「坂崎様が恐ろしいことを仰るから、思い出してしまって……」

幸之助は笑い出す。自分が無理矢理帯を解いたので泣いているものと勘違いした。女心を読み取れず何たる好機を逃したことか。幸之助はお浜の顎を引き上げる。

「では、夕べの続きといこうかのう」

お浜は恥ずかしそうにほんの少し頷き目を閉じる。幸之助はお浜を抱きしめる。

「怒らせてしまったものと思っていた。そうではなかったことが分かれば充分。さ、茶会の報告を御前にせねばならぬし、こずえも心配して待っていよう。一刻も早く上屋敷へ戻らねばな。帰りは歩きゆえ」

「……坂崎様……」

「その前に唇だけでも味わいたいものだな」

微笑むお浜と唇を重ねる。

柔らかな春の日差しが二人を優しく見守るように包む。緑が色を増している木々を渡る風がお江戸を春から夏へと誘う。

第参話　落雷

蝉時雨。打ち水、夕立、虹の橋。朝顔、行水、夕涼み。照りつける日差しに輝く黒瓦。甍の波を渡る風に、物売りも軒を借りての汗拭い。凪で止まった風鈴が暑さを語る江戸の夏。

和田倉御門辰ノ口にある老中土屋家の上屋敷。陽炎が立ち上る昼日中の屋敷内は蝉の声だけが響く静まり返った佇まい。熱せられた玉砂利を踏みしめ進む歩幅の狭い軽快な音。行き先は家老長屋の脇、本殿のすぐ近くに位置する幸之助の家。戸口で呼びかける涼しい声。

「ごめんください」

中から出てきた武次は声の主を見つめて、一瞬誰だか分からずに小首を傾げたが、おぼろげな記憶がはっきりして硬直する。

「息災のようですね」

武次は深々と頭を下げる。

「……お陰様で」

「幸之助様はご在宅か」

「……えっ……あ……はい……」

武次が案内するまでもなく屋敷に上がり幸之助がいる部屋へと進む。書物を読んでいた幸之助は廊下を進んでくる人物に気づく。武次の足音ではない。部屋の前の廊下に座っている姿に幸之助は一瞬目を疑う。

「お久しぶりでございます」

にっこり微笑むと部屋に上がり幸之助の面前に座る。幸之助は書見台をどけた。

「どうされたのですか」

「父の供をして参りました。幸之助様にお会いしたくて」

満面の笑みを見せる女性は土屋家の筆頭家老根上順右ヱ門の娘朝子である。根上は国許の状況報告のために江戸へ呼ばれていた。なぜ今になって朝子が付いて来たのか。幸之助の合点が行かぬという表情を見て取り朝子は微笑む。

「今年で七回忌。ご供養も一区切りでございましょう。ご活躍の由、お心が昔に戻ったものと思いまして」

「朝子殿。私はあの折、根上家とのご縁談はお断りしました」

「あの状況下で、縁談を断られたのは仕方のないことと思います。ですから、時間が必ずや解決してくれるものと信じておりました。お会いしてほっといたしました。本当に以前と変わらない。いいえ、昔よりも心穏やかで温かいお顔をされているのですもの」

目映いばかりの笑顔を見せる朝子。

朝子との縁談は根上家からの申し出だった。根上家は土屋家中では最も家柄の良い家系だ。坂崎家にとっては願ってもない良縁。あっという間に話しが整い許可も出ていた。祝言を目前に控え家財道具やなんやかやと入り用だったものを用意する目的もあって両親は遠縁の但馬屋へ出向いたのである。一人取り遺された自分は生きる術さえも見失っていたため、祝言どころではなかった。両親の喪が明ける頃には自分を追い込み復讐の鬼と化していた。縁談は丁重に断った。根上家でも、目つきの変わった自分との破談の頃合いを計っていたようで、揉めることもなく、水に流れるごとくなにもなかったこととなったのである。あれから六年、確かに自分の置かれている環境は変わった。蝦蔵を自分の手で仕留め敵討ちを成し遂げることもできた。心の戦いの末に辿り着いた今の自分が以前と同じなのかは分からないが、心穏やかであることは認める。

幸之助を見つめ微笑む朝子はおそらく藩随一の美形と言っても過言ではない。縁談話が整った頃は愛くるしいばかりの少女だったが年月は美しさに艶を添えたようだ。整った顔からこぼれる笑顔は媚びてはいないが男を誘う魅惑に満ちたものなのであろう。自分を見つめる色香を放つ眼差しに、全くときめきを感じない自分の心に少々戸惑う。男としての欲望が萎えたのか。いや、今、幸之助を虜にしているのは、盗人の娘として育ち掏摸を生業にし盗賊の引き込みをもした罪人。さらに、自分の家族を死に追いやった張本人。にもかかわらず幸之助の心を捉えて放さぬ輝く笑顔の持ち主。死ぬことしか頭になかった自分に生きる喜びを気づかせてくれた人物。人を愛する心を呼び覚ましてくれた女。

朝子と比較すれば見栄えは格段劣るであろう。武家の女としての気位や立ち居振る舞いなどは足下にも及ぶまい。それでも幸之助にとって、心騒ぎ、心ときめき、愛おしいと言える女はお浜だけ。今の自分はお浜抜きでは存在し得ないのである。

「幸之助様。父上に再度、縁談のことを申しましたら、喜んでくれました。おそらく御前様にお許しをいただけるよう話しをするものと思います」

「朝子殿。申し訳ないが私には将来を誓った女がおります。根上家との縁談、お受けできません」

「あら……」

朝子は涼しい笑顔で応えた。

「根上家との縁組みを差し置いて、御前様がお許しになられるとは思いませんわ」

幸之助は苦笑する。確かに、通常ならばあり得ないであろう。しかしお浜の血筋はどんな由緒ある家柄でも家臣である以上超えることのできないものだ。

「幸之助様。夕方、西の家老長屋へお越しくださいませ。父が杯を交わしたいと申しておりました」

とびきりの笑顔で幸之助を見つめる。

「……はあ……」

そこへ荒々しい足音が近付いてくる。

「……お待ちください。お客様が……」

武次が制するのも聞かずに進んでくる。幸之助は溜息をついた。あの歩き方は機嫌の悪い照之進だ。

「幸之助。要らぬ世話を焼くなと申したではない……か……」

勢いよく飛び込んできた照之進だがさすがに客に躊躇した。朝子は声に振り返る。幸之助の前に座っている女の顔を見定めた照之進は目を見張り仁王立ち。

「……朝子……どうしたのだ」

朝子は険しい表情で照之進を見返すと慌てて部屋を出て行く。朝子の変容ぶりに一瞬戸惑った幸之助だが漂う色気の原因が見えくすくす笑い出す。

「朝子と縒りを戻したのか」

「いいや。押し掛け女房を決め込むつもりだったようだ」

「由緒ある根上家の娘なのだろうが、あの女はやめておけ。お前との縁談が流れたからとこれ見よがしに俺に声をかけるような女だ」

幸之助は声をあげて笑い出す。

「ほんの火遊びのつもりでお前に声をかけたが、眠っていた女を呼び覚まされてしまったというところだな」

愉快そうに笑っている幸之助を見つめ溜息をつく照之進。

「お気楽だな。朝子は気位の高さでも藩一だぞ。朝子が頼めば根上殿は御前様にお前との縁談を許可して欲しいと言上するだろう。整ってしまえば今度は断れぬ」

「照之進。座れ」

幸之助は厳しい表情で照之進を見つめた。照之進は何事かと腰を下ろす。

「お前は遠縁に当たるゆえ真実を申しておこう」

幸之助の真面目なそれでいて暗い顔に照之進は息を呑む。

「私は佐野家の養女になっているお浜を娶るのだ」

照之進は落胆の溜息を漏らす。お浜は御前様の女である。

「……お主……知らぬのか……お浜は御前様のお手つきだぞ」

「話しはきちんと聴け。お浜は御前様が外で産ませた、いや、成り行き上外で産まれたお子だ」

「佐竹家の美浜様との……」

「そうだ。だからこそ極秘で佐野殿の養女にしてある。私とお浜の縁談は御前様が特別取り計らってくださったもの。根上家でも割っては入れぬ。このことは死んでも部外に漏らすでないぞ。佐野のご両人ですら知らぬ真実だ。朝子殿とお前がどのような付き合いをしていたのかは、察しが付く。今後、私と朝子殿のことが表面化し、その際にお前のことが話題に上ったとしても、決して軽はずみな行動をするでないぞ。感情に任せて事を起こさば、次はないと覚悟せよ。良いな」

「……お浜は自分の出生のことを……」

「全て存じておる。だからこそ御前様は信頼の置けるこずえを侍女にと命ぜられた」

「こずえ……そうだ！　それだ！　要らぬ世話を焼くなと何回言ったら分かる！」

照之進はいきり立って腰を浮かす。

幸之助は大きな溜息をついた。真面目な話しよりも照之進には女のことの方が重要とみえる。さて、ここはおとなしく雷を受けるに限る。

「なぜ、あんな余計な世話を！」

昨日、お浜が裏庭で茗荷を収穫していた。ざる一杯に摘んでいたので照之進に持って行けとこずえに命じたのである。

こずえは照之進の長屋へ渋々届けに行った。何せ言葉を二人きりで交わすのは幼い頃以来。何をどう言えば良いのかすら思いつかないのだ。

「ごめんください」

入口から聞こえた女の声に照之進は首を傾げ出てきた。玄関先にいたのは、午後の傾きかけた光を背中に浴び後光が差しているかのように輝いて見えるそれは美しいこずえだった。

「……こずえ……」

照之進はあまりの美しさに放心状態でこずえを見つめた。

見つめられこずえはどうしたらよいのか戸惑う。慌ててざるを差し出す。

「坂崎様よりお裾分けするようにと言付かりました」

目の前に差し出されたざるには瑞々しい茗荷が載っている。

「おお！　これはありがたい」

照之進がぱっと顔をほころばせる。

「……お好きなのですか」

そう言えば、ほとんど言葉を交わしたことのない照之進の好みなど何一つとして知らない。照之進はこずえを見返す。

「夏の香り。好物でな。ざっくり切って茄子と塩揉みにしたものは絶品だぞ」

子供のようなあどけない表情でざるを揺らし茗荷をころころと転がす照之進にこずえはくすくす笑う。

そのあまりにも穏やかで美しいこずえの姿に照之進は鼓動が高鳴るのを感じた。自分の照れを隠すために大声を張り上げる。

「確かに受け取った。帰れ！」

こずえは慌てて長屋を飛び出して行く。せっかく届けてくれたにもかかわらず礼も言わずに追い返してしまった。その小さくなる背中を見つめ素直になれない自分にもどかしさを感じる。と同時に幸之助の小賢しい細工が腹立たしかった。

「お主が世話を焼くたび、こずえに嫌われるではないか。ちょっかいを出すな！」

「こずえはお前の幼さ加減を充分に知っている。あの日、家に戻ったこずえは自分が笑ったばかりにお前の自尊心を傷付けてしまったと悔やんでいた」

「……自尊心……」

「良いか照之進。年月は人を大きく変える。自分に降りかかる悩みも苦しみも乗り越えて生きている。いつまでも昔と同じではないのだぞ。純粋さだけでは世の中は渡れぬ。時には大切な想いも諦めねばならぬ。一人前の男として生きるためには自分の胸の内に押し殺し封じ込めねばならぬ感情もある。心が赴くままに行動することは美徳ではない。力弱い女も守れず威嚇するような男の自尊心ならば捨てよ。たったひとりの女すら幸せにしてやれぬなど男の恥。いい加減に目を覚ませ」

幸之助の厳しい言葉に照之進は大人しくなる。

「殊（こと）、こずえのこと。私もお浜もこずえの味方だ。おそらく誰もがな。お前には荷担する価値すらない。肝に銘じて行動せよ」

「幸之助……」

「今やこずえはお浜にとって無くてはならぬ侍女。お浜はこずえが幸せになれないのならば自分も幸せにはなれないと言っている。そのお浜は私の命だ。こずえを疎かにするは、この私への挑戦と見なす。今後、こずえを悲しませるようなことをしたならば、お前の命なきものと思え」

鋭い視線で自分を睨む幸之助の迫力に照之進は身動きできなかった。

「お殿様。中奥よりお迎えが参っております」

武次が声をかける。

「分かった」

幸之助は立ち上がる。

「照之進。素直になることは恥ではない。意地を張ることこそ無様だぞ」

幸之助は部屋を出ていった。

照之進はがくりを肩を落とす。幸之助の言葉には何一つとして反論できない。

幸之助は、親を殺され若くして天涯孤独となったにもかかわらず、仕事に剣に身を投じ苦労と努力を重ねてきた。藩の誰もが認める精鋭、藩一の側近だ。温々と親の庇護の許、女に明け暮れ好き勝手をしてきた自分とは人間の出来が違う。その堅物で色恋になど全く興味のなかった幸之助が、お浜命とははばからずに言ってのけるとは思ってもみないこと。驚きと同時に時の流れを感じざるを得ない。

照之進は天井を仰ぐ。

自分も変われるかもしれない。いや、ここで性根を入れ替えねば、今度こそ単なる女好きの根無し草になってしまう。江戸表で藩の財政の要を預かるという大役を仰せつかった今が全てをやり直すまたと無い好機なのだ。

中奥に出向いた幸之助を待ちわびていたのは根上であった。

「幸之助殿。息災のようだな」

「はい。ありがとう存じます」

「あれから六年。お主の活躍は国許にも届いておる。娘婿として申し分無しと思い御前様にお許しを頂くつもりだ」

やはり、縁談の話しである。

「根上殿。大変申し訳ありませんが朝子殿との縁談、お受けできませぬ」

「いやいや。根上家から是非にとの申し立てぞ」

「私には既に相手がおります」

「何と。どこの娘じゃ。根上よりも格が上と申すか」

「いいえ。勘定方佐野源左衛門殿の娘でございます」

「……佐野の娘とな。佐野には子など……町方から養女に入った娘か」

「はい。お浜と申します。実は佐竹美浜様の娘で、御前直々の命により佐野殿の養女になっております」

根上は驚く。

「御前の側近であった根上殿ならば佐竹事件の真相をご存じのはず。御前が美浜様の子にただならぬ思い入れがあったとしても不思議ではありますまい」

「……それは……」

「市中で私が見つけだしました縁もあり、私とお浜の縁談は既に許可を頂いております。若殿様の件がなければこの春に祝言を挙げておりました」

「そうであったか」

根上は肩を落とす。

「御前が美浜殿を失われたときの気落ちされた姿は今でもはっきり覚えている。美浜殿の子となれば我が子も同然と感じよう」

「瓜二つとのこと。御前の心中を考えますととても複雑になります」

「よう話してくれた。縁談の儀はなかったことといたそう。朝子には私より申しておく」

「ありがとうございます」

これで公に自分と朝子のことが取りざたされることはなくなった。しかし、朝子がすんなり引き下がるとも思えない。お浜には事の次第を話しておく必要がありそうだ。

夜、幸之助は怪しい空模様を気にしながら佐野の家を訪ねた。

「一雨きそうだな」

遠くで雷鳴が聞こえる。お浜は既に怯えた表情で幸之助を見上げた。

「今日は心の晴れぬ報告でな、まるでこの天気のようだ」

お浜は苦笑している幸之助を見つめた。幸之助が朝子の話しを始めると大粒の雨が降り出す。

「何があっても私の心は変わらぬ。分かってくれるな」

お浜が頷いた瞬間、稲妻が走り雷鳴が轟く。お浜は幸之助にしがみついた。震えるお浜をしっかりと抱きしめる。声も聞こえぬほどの雨。と、地響きと共に稲妻が光り轟音が大地を揺るがす。悲鳴を上げお浜は幸之助の胸に顔を埋めた。雷が特別苦手というわけではないがさすがの幸之助も驚く。近年希に見る激しいもの。どこか近くにでも落ちたのであろう。惨事にならねば良いが。それでも四半刻（約三十分）で峠は越す。雨足も雷鳴も遠のいた。

「顔を上げても大丈夫だぞ」

地蔵のように自分の胸の中で固まっているお浜の肩を揺り動かす。

「だいぶ遠くなった」

お浜は恐る恐る顔を上げる。幸之助はくすくす笑う。

「今回の雷はお浜でなくとも肝を冷やす。一緒にいて良かった」

「坂崎様……」

「さて、先程の話し。心得てくれたな」

お浜は幸之助から離れるとうつむく。

「坂崎様。私は時々分からなくなります。本当に坂崎様のご厚意に甘えて良いのでしょうか。ご両親を死に追いやった事実は消せません。坂崎様にはもっと相応しい方がいらっしゃると思います」

幸之助は笑った。

「勘違いをするな。私はお浜だから娶るのだぞ」

幸之助は障子を開けた。微かに残る雨が軒先で雫となって落ちている。蒸していた空気がすっかり涼しくなっていた。

「敵を討つことが生きる糧だった。本懐遂げたならば死ぬのみ。その先までも生きている気など更々なかった。坂崎の家は私が自分の手で終わりにする覚悟だったのだ」

幸之助は空を見上げる。流れ行く雲間から細い月が顔を出す。

「お浜があの折両親の墓前に駆けつけなければ、私はとっくにあの世だ。もちろん坂崎の家もない。私の言っていることが分かるか」

お浜は小さく頷いた。幸之助はお浜の前に座る。

「坂崎の家にとってもお浜はなくてはならぬ存在なのだぞ」

幸之助の優しい笑顔は嬉しいがやはり何かが引っかかる。

「これはお浜が嫌がることかもしれぬが」

幸之助は一瞬厳しい表情を見せる。

「武家の社会で縁組みは名跡を絶やさぬための手段だ。家名を守り連綿と続くその家の歴史の一駒となるのみ。家格を重んじ身分を尊重し先祖にも末裔にも誇れる相手を選び子孫を残す。女は子を産む道具として嫁ぎその家のために一生を捧げる。男とて家のために種馬になるだけ。正室に子が出来なければ側室を抱え日夜励む。武士はそれが当たり前として育てられる。好いた女子を娶れる男など極僅かだ」

幸之助はお浜の顔を覗き微笑む。

「私には私を縛る親がいない。嫁は私の意思で選べるのだ。こんな幸運は滅多に手に入らぬのよ。選んだ相手は家老の娘。その実、藩主の子。これ以上の血筋はあり得ぬ。誰に遠慮が要るというのだ」

幸之助は温かい瞳でお浜を見つめた。

「お浜の家柄、お浜の血筋は誰にも負けぬもの。卑下する必要など微塵もないのだぞ」

「でも……私は昔……」

幸之助はお浜を抱きしめる。

「それは言わぬ約束だ。今、ここにいるお浜は、御前の特別なお取り計らいにより佐野家の養女となった、故筆頭江戸家老佐竹殿の孫娘にして御前のご寵愛を受けた美浜様の娘。身分に不足などない。分かるか」

幸之助はお浜の顔を覗き込む。

「ま、もう少しお浜の身分に箔を付け加えるならば、水戸のご老公や綱条殿の名を挙げても良いのだがな」

「……そんな！」

「おそらくご両人ともお声をかければ快く後見役を買って出てくださるであろう」

驚いているお浜に幸之助は笑う。

「お浜の笑顔にはそれだけの力があるのだ。迷うことなど何もない。誰に憚ることも、臆することもない。今の自分を信じよ。お浜ほど私に相応しい女子はこの世にはおらぬ」

「……坂崎様」

お浜は幸之助の胸の中で泣いた。

昨夜の雷雨は大きな爪痕を残して過ぎ去った。市ヶ谷八幡宮脇の大木に落雷。生木が裂け火が立ち上り一時は大火へと繋がるのではないかと町方も寺社方も固唾を呑んで見守った。幸い雨の勢いが激しく火は自然に鎮火し大事には至らなかった。ところが、焼け焦げた木の室（むろ）から白骨の死体が出てきたから大騒ぎ。着ているものも朽ち果て身元など分かろうはずもなかったのだが、死体の下に落ちていたものが事件を意外な方向へ向けたのである。

「真に言わ猿の根付けなのか」

高見沢の問に暗い表情で頷く桜井。

「ああ。こりゃどう考えても八年前の事件と関係がある。厄介なことにならねばよいが」

高見沢は懐から財布を取り出しぶら下がっている根付けを見つめた。象牙で出来ている猿の根付け。耳を塞いだ仕草の聞か猿である。

「腰についていたものが朽ち果て落ちたということになるな」

高見沢は大きな溜息をついた。

「おそらくそうであろう。あの仏さんは八年前、行方不明となったきりの横内左門と見て間違いあるまい」

「やはり辰之進の奴、左門を殺していたのか」

高見沢は拳を握りしめた。

「仏さんの身元が判明して八年前のいざこざが表に出たとしても当の辰之進は菊乃いや沙愛（さえ）と心中して

死んでいる。奉行所の書類上何をどうひっくり返しても真実には辿り着かんだろう。あの心中で実際に死んでいたのは誰か分からぬ替え玉だったという事実を知るは我ら二人だけ。黙殺することは可能だ」

高見沢は腕を組み黙り込む。

「菊乃のことを思うと、そっとしておくのが一番だと思うがな」

桜井は高見沢の肩を叩く。

「……左門は……親を笠に着て高飛車な態度をとるところもあったが、音は寂しがり屋でみんなで騒ぐのが大好きなひょうきん者だった。決して悪い奴ではなかったのだ。次男という負い目から抵抗心を剥き出しにしていた辰之進より余程人間味があった。沙愛殿のことにしてもそうだ。辰之進の横恋慕が原因だ！　辰之進は決して許せん。しかし今の菊乃を……失いたくはない」

「高見沢。真実とは時として残酷な悲劇をも生む。真実を貫き通すばかりが正義ではないぞ。辰之進への怒り、私とて充分分かる。が、今、幸せに暮らしている女を地獄へ突き落とす必要もなかろう。菊乃のために黙りを決め込むのが最良だと思うがな」

「……ああ……」

釈然とはしないがやはり桜井の言うとおり何もすべきではないと心に言い含める高見沢だった。

幸之助は根上が使っている家老長屋へ顔を出さなかった。根上本人が朝子を説得すると言ったのだから当然なのだが朝子にはそのような理屈は通用しなかったようで、早朝から押し掛け、どういうことだと詰め寄られた。

「朝子殿。お父上から私のこと、お聞きになったものと思いますが」

「納得がいきません。私を差し置いて幸之助様が決められるなど」

涼しく笑う朝子は何と自信に満ちあふれていることか。照之進ではないが気位の高さも自信も相当なものだ。確かに、茶の湯、花、書、詩歌など朝子とお浜に同じことをさせたならばおそらく朝子の方が上手いであろう。生まれながらの武士の子と一年そこそこで身に付けた知識とでは比べる方が無謀である。目に見えるもので二人を秤に掛ければ朝子に軍配が上がるのは明らか。おそらく朝子はそれを知っているからこそ自分を誇示しているのだ。

「私、お浜とか申す方に会ってみとうございます」

幸之助は肩をすくめる。やはり懸念していたとおり直接対決をするつもりだ。

「佐野家でしたね」

幸之助は慌てて声をかける。

「朝子殿。お浜は市中で育った娘です。武家作法の見習い中ですゆえ、朝子殿とは比べものになりませんぞ」

「それは存じております。お顔を拝見して参ります」

優越感に浸って微笑む朝子。幸之助は大きな溜息をついた。これからは傍観するしか手がない。女の戦いというものをお浜にもしてもらわねばならぬようだ。

佐野家では茶の湯の稽古が行われていた。喜佐が監督する中、園子やお浜達が順番に手前をおさらいしているところへ朝子が乗り込んだ。部屋の入口に突っ立っている朝子に喜佐の声が飛ぶ。

「女が部屋の前で立ち尽くすとは何たる不作法じゃ！」

朝子は慌てて膝を折るが部屋の中をきょろきょろと見回す。

「何事です。稽古の最中ですよ」

朝子は畳に手を突く。

「申し訳ありませんでした。末席に座らせていただいてよろしいでしょうか」

「それは構いませんよ。さ、続けなさい」

突然の客に中断した手前を進めるお浜。

朝子は末席に座る。ここに居合わせてる女の中にお浜はいるはず。一人ずつ見定めたが町人風情の娘など見当たらない。お浜探しよりも目の前で進められている手前に目が留まった。何とも優雅にして流れる美しい手前なのか。ともすれば自分よりはるかに品のある仕草かもしれない。見たことのない女だ。

「よろしい。では、園子さん」

「はい」

お浜は朝子に小さく会釈をし隣に座る。朝子は隣の女をまじまじと見つめた。目立つ顔立ちでは決してないが何故か輝いて見える。物腰の柔らかさから育ちの良さを感じる。居並ぶ女達、おそらく自分をも含めて誰よりも高貴な香りを漂わせている。一体誰なのかと気になった。

「柄杓へ手を伸ばす呼吸が速すぎますよ。一呼吸心を落ち着かせて」

園子の所作がやけに荒い。

「棗(なつめ)を拭く流れがぎこちないですよ。上、下とこの字を書くように」

園子は朝子の登場に緊張したのか手がいつものように動かなかった。

「朝子さん。せっかくいらしたのですから皆に手本を見せてください」

朝子は突然の指名にも動じない。

「袱紗を持ち合わせておりませんが」

「どうぞ。お使いください」

お浜はにっこり微笑み袱紗を手渡す。朝子は完璧な手前を披露する。

「よろしいでしょう。さ、今日はここまで」

「ありがとうございました」

皆が喜佐に礼を言う。小さな子供達は帰っていった。

「朝子さん。わざわざ江戸へお越しとは、何の御用なのかしら」

園子が朝子に声をかけた。

「父の供です」

「あら、そうでしたか。小橋様にふられて、私はてっきり、坂崎様に復縁を迫るおつもりかと思いましたのに」

園子は朝子をあざ笑う。照之進と朝子が付き合っていたことは皆の知っていることだった。そして照之進が朝子を遊び捨てたことも知れ渡っていた。朝子は不機嫌な顔をする。二人の間に異様な緊張感が漂う。

道具の片づけをしていたお浜に喜佐が声をかけた。

「お浜。炭は早めに消しなさい」

「はい」

「……え！」

喜佐の言葉に返事をした女に慌てて視線を移す朝子。

「……お……お浜とはあなたなの？」

朝子の隣に座っていた最も気品ある娘だ。朝子はお浜に近付く。驚いている朝子にお浜は深々と頭を下げる。

「お浜でございます。よろしくお願いいたします」

想像していた惨めな町娘とはかけ離れているお浜の落ち着いた物腰に驚いたと同時に、何事もないように微笑む姿が腹立たしい。

「あなたがお浜ですって！　私、絶対に認めませんからね。あなたが幸之助様の妻だなんて絶対に納得しませんから！」

朝子の言葉に園子が逆上する。

「何ですって！　あなたが坂崎様の妻ですって！」

炭を消すために風炉の前に座っていたお浜に園子が詰め寄った。

「どういうこと。いつ、どうして、そういうことになったの。おっしゃい！」

園子はお浜の肩を思いっきり小突く。倒れそうになったお浜は慌ててすぐ横にあった風炉につかまったつもりだった。こずえが悲鳴を上げる。

幸之助のところへ顔を出そうとした照之進は朝子が飛びだして行くのを見かける。何事かと幸之助に尋ねると、お浜の存在を根上から聞かされ、納得ができないと早朝から押しかけて抗議をしたあげく、お浜に会いに行くと飛び出していったことを聞かされる。

「お前も罪な男だな」

照之進の言葉に不機嫌な表情をする。

「なにがだ」

「女二人を手玉にとるってか」

幸之助は照之進を見つめ特大の溜息をつく。

「馬鹿馬鹿しい。なにが手玉だ。お前でもあるまいに」

照之進は肩をすくめる。

「私はお浜しか相手にはしておらぬ。朝子が勝手に舞い上がっているだけだ」

お説ご尤も。照之進は再び肩をすくめる。

「要らぬ波風を立ててくれるなよ」

疫病神でも追い払うような不機嫌な幸之助に追い立てられ照之進は部屋を出ようとして、慌てて振り返る。

「いやいや、そうではない。肝心なことを伝えに来たのだ」

幸之助は目を見張る。

「蔵屋敷の見分の日取りだ。勘定方から指示があったのだ」

やっと真面目な話しかと幸之助は苦笑し、照之進を部屋へ座らせた。

仕事の話しをして幸之助の屋敷を出た照之進は、朝子とお浜のことが気になり様子を見に佐野の家の戸を開けた。開けたとたん女の悲鳴が轟き慌てて駆け上がる。

「お浜！　何をやっている！」

消えていない炭の中に手を入れてしまったのだ。熱さと驚きで動けないお浜を照之進が抱き上げる。

「こずえ。井戸まで付いてまいれ！」

照之進とこずえは佐野の家を飛び出してゆく。井戸水で冷やすが左手の手のひらが真っ赤になり火膨れが出来ている。今頃になって痛む。

「何をしていた」

照之進が険しい表情でお浜を見つめる。お浜は苦笑するのみ。

「園子さんが押し倒したんです」

こずえが照之進を見つめて答えた。どうやら女の争いの幕が切って落とされたようだ。

「医者に診せねばなるまい。私は手配をする。医者が来るまで、できるだけ冷たい水に手を漬けているのだぞ。こずえ、後のことは頼んだぞ」

照之進はこずえを見つめほんの僅か温かい視線を投げかける。驚いているこずえ。照之進は御殿へ向かって走って行った。

「小橋様。やはりお優しい方ですね」

お浜はこずえに微笑む。

「お浜さんだからです」

お浜はくすくす笑う。

「小橋様は私にではなくこずえさんに微笑まれた。だから、こずえさんは戸惑って驚いた」

「……お浜さん……」

「子供のように悪ふざけをしていた小橋様が大人になられたのだと思います」

こずえはお浜を不思議そうに見つめる。

「こずえさんが襲われたことで、こずえさんが小橋様にとってどれほど大切な存在なのか気づかれた。あの時の小橋様は、恐ろしいくらい真剣な表情をされていました。こずえさん。ほんの少しだけ小橋様を許して差し上げませんか」

お浜の温かい笑顔がとても嬉しい。

「ほんのほんの少しです」

自分を見つめるお浜の優しい眼差しにこずえは頷いた。

「分かりました。ほんの少しでよろしいのですね」

「ええ。とても全部などは許せませんから」

自分のことのように言い切るお浜の明るい声はこずえの心を熱くした。なんと優しい人なのだろうかと改めて思う。

火傷をした手を入れている桶の水を何回か換えているうち、火膨れになったところが破けた。水がしみる。痛みに耐えられずお浜は水から手を出す。

「……ごめんなさい……あまりにも痛くて……」

空気に触れても痛い。手のひらの皮が剥けただれている。

「家に戻りましょう」

こずえに促され家へと戻ってくる。喜佐が慌ててお浜に駆け寄る。

「何ということ！」

痛々しい火傷の傷に喜佐は落胆の溜息。火傷を負わせた本人園子はあまりのただれように目を背ける。

朝子は涼しい顔で事の成り行きを見つめている。すると幸之助が飛び込んできた。

「お浜！　大丈夫か！」

お浜の手を見つめほんの少し安心したのか小さく微笑む。

「照之進が脅かすゆえな、肝を冷やしたぞ」

「……申し訳ありません。ご心配をお掛けしてしまって……」

痛みを堪えているお浜は苦笑するしかなかった。

「源斎先生を呼びにやった。もう少しの辛抱だ」

そうこうしていると政直が駆けつける。

「お浜。大事はないのか」

さすがの朝子も平伏す。お浜は精一杯努力して微笑む。

「……御前様にまでご心配をお掛けしてしまい、申し訳ございません」

「痛々しい限りだな」

お浜の手を見つめ苦々しい顔をする。

「実はな、綱条殿から、お浜の茶を飲みたいので明日上屋敷へ来てくれぬかという書状が届いたところだったのだが、これではお断りをするしかあるまい」

お浜は小首を傾げる。

「薬臭いお茶では興醒め。ただ……ご心配をお掛けしてしまうのではないでしょうか」

「お浜が断りに出向くか？」

「薙刀は振れませんが、お酌でしたら右手がありますので」

政直は笑う。

「良し。ではこずえとお伺いする旨、返事をしたためるぞ」

「はい」

そこへ源斎が到着する。お浜の手を見た源斎は大きな溜息をつく。

「炭に手を入れたと聞いたが」

源斎の厳しい視線にお浜は頭を下げた。

「申し訳ありません。不注意で」

「御前様。坂崎様。跡形もなく綺麗にというのは望めませぬが」

政直が源斎が喜佐がこずえが、そして皆の視線が幸之助に注がれる。幸之助は小さく頷いた。

「命に別状無くば恐れるに足りません」

幸之助はお浜に温かい笑顔を見せる。

「お浜。手拭いを噛んでいよ。手当の痛さ、並大抵ではない」

こずえがお浜に轡(くつわ)をはかせる。皆を隣室へ移動させると供をしてきた助手と二人で手当を始める。傷を洗い薬を付け最後に包帯を巻く。脂汗と痛みに耐えたお浜はぐったり。

「よく耐えたな」

源斎が微笑む。

「……いえ……生きているのが……信じられません……」

お浜の額の汗を拭いながら源斎が耳元でつぶやく。

「お浜の気丈さ。御前様譲りだな。大したものだ」

「……先生……」

「これだけの傷、男でも気を失う」

お浜はふっと微笑む。

「女の意地です」

思いも寄らない答えに源斎は首を傾げた。

「お浜の口から出た言葉とも思えぬな」

「坂崎様との縁組みが公になりまして、色々と言われるものですから……でも、坂崎様にはご迷惑をおかけできません。私の失態で坂崎様が笑い者になるのは……」

それだけはどうしても嫌だった。どんなに痛くともどんなに辛くとも涙を見せたら負けだと自分に言い聞かせ歯を食いしばるしかない。

「恩返しも辛いの」

源斎の温かい笑顔に触れ涙が流れた。源斎はお浜の肩をそっと抱く。

「弱音を吐かぬお浜がまた愛おしいのだと、坂崎様ならば仰るだろう。今夜は精々甘えるのだぞ」

「……先生……」

「もうひとつ。大声では言えぬが手の傷、綺麗に治るゆえな心配には及ばぬ」

「先ほど……」

「あれは私の張ったりだ。あの場に居合わせた娘たちがお浜の恋敵であろう。少しは脅かしておかねばな。お浜にこのような火傷を負わせるなど以ての外。許しがたい」

源斎の笑顔がとても嬉しい。

「……先生」

「しばらくは痛むが覚悟せよ。二、三ヶ月は不自由を我慢せねばならぬがな」

「はい」

「十日間ほど毎日傷の経過を診に来るゆえな。無理をするでないぞ」

「申し訳ありません。お忙しいのに」

源斎はにっこり微笑む。

「よいよい。私も楽しみが増えた」

お浜は首を傾げる。

「こんなことでもなければお浜の顔、見られぬからな。さ、少し休むがよい」

お浜は横になる。源斎は部屋を出る。隣の部屋では全員が固唾を呑んで待っていた。

「どうなのだ」

政直が尋ねる。

「手遅れにはならずにすみました。包帯が取れますには三月ほどかかりましょう」

「手はきちんと使えるようになるのか」

源斎は黙り込む。

「今はなんとも申し上げられません。経過を診ませんと」

「遺憾の意極まりない。幸之助。何が原因か調べよ。事と次第によっては極刑も処すのでな」

政直の厳しい言葉に居合わせた一同は平伏す。

「戻るぞ」

幸之助を見定めると政直は部屋を出てゆく。園子は縮み上がりその場に泣き崩れる。その様子を朝子が涼しい顔で眺めていた。

「こずえ。お浜の側にいてくれ。今は疲れて寝ているが、一両日は痛む。気を紛らわす話をな」

「はい」

「では、明日また」

源斎は帰っていった。

「喜佐殿、ご来客にはお引き取り願っていただきたいのだが」

幸之助は喜佐に一礼するとお浜が寝ている部屋へこずえを伴い入った。お浜は横になってはいたが寝てはいなかった。

「痛むか」

「いいえ、さほどではありません」

「我慢強いこと武者並だな」

幸之助はお浜を見つめて微笑む。お浜は心配顔を見せた。

「あの……御前様は本当にご処分をされるのでしょうか……」

「園子さんには良いお灸になります」

こずえがお浜に厳しい表情を見せた。

「私の不注意もありますから……」

「お浜さん。温情をかけることだけが優しさではありません。悪い事を済し崩しにするほうが本人にとっては辛いこともあります。今回のこと、御前様には隠すことなくお話しすべきです。お浜さんが坂崎様と幸せに暮らしていただくためには必要なことだと思いますが」

こずえの言葉にお浜は小さく頷いた。

「坂崎様。私が御前様に直接お話ししてもよろしいでしょうか」

「それは構わぬが」

お浜は起き上がる。

「今か」

「はい。ありのままをお話しするには時が経っていない今が一番かと思います」

お浜の凛とした表情は決して考えを曲げないというもの。幸之助は苦笑するとお浜を連れ立ち中奥御殿へと向かった。廊下を歩いて暫くしたときである。髪に白いものが混じっている貫禄のある人物と出会す。お浜は深々と頭を下げた。その御仁は呆然とお浜を見つめる。

「……美浜殿……」

お浜に視線を留めていたのは根上だった。

「このようなことが現実にあるのだな。本当に生き写しだ」

根上は放心状態。何を隠そう、根上も美浜に心を寄せていたのだ。もしかすると当時の同年代の男はみな同じだったかもしれない。主君の思い人に自分の心を打ち明けられるはずもなく、自分の思いを伝えられぬまま別れることとなった。物腰、漂う気品、溢れる温かさ、醸し出す雰囲気は美浜と本当にそっくりだ。根上は溜息をつく。

「幸之助殿。先刻のそなたの言葉今実感いたした。美浜殿を知る者は尋常ではいられぬ。余りにも似すぎている。いや、若い頃に引き戻された気分だ。御前が並々ならぬ感情を抱かれるは至極当然。私とてこの姿見せられたならば、平常心ではいられぬ」

幸之助は苦笑する。

「お浜と申したな」

「はい」

「是非ともそなたには幸せになってもらわねばな」

慈しむように、包み込むようにお浜に微笑む根上。

「ありがとうございます」

再び深くお辞儀をするお浜。

幸之助とお浜は中奥の一室で政直を待った。

「動いて大丈夫なのか」

お浜は微笑む。

「はい。痛みもだいぶ和らぎました」

「そうか。ならば良いが」

お浜は自分の火傷は、朝子の言葉に動揺した園子の行為によるものだと告げた。

「御前様。お願いしたいことがございます」

お浜は平伏す。

「今回のこと、誰が悪いわけでもございません。園子さんも朝子さんも坂崎様が大切だからこそ私では不似合いだと仰っているだけでございます。どなたかをご処分されるのであれば私はお屋敷を出て行きます。どうか、お咎めは無しとお約束ください」

「お浜。わしを脅すつもりか」

「はい」

お浜はにっこり微笑む。

「誰に何を言われましても私は坂崎家へ嫁ぐのだと信じております。ですから、たわいない女の喧嘩に御前様が口を挟まれるのは女々しいことかと存じます」

「お浜。御前様に向かって何という物言いだ」

　幸之助が慌てて制した。政直は笑い出す。

「女、子供の喧嘩に口出しするなと申すか」

「はい」

「相分かった。今回はお浜の言葉聞き入れよう」

「ありがとうございます」

　お浜は深々と頭を下げた。

「お浜には迷惑な話しかもしれぬが、子を案ずる親心は何ものにも代えがたいもの。廉恥と言われるわしでも情には流されるのだぞ。今回は大目に見るが、今後このようなことがあらば黙って見過ごすことはできぬ。良いな」

「ありがとうございます」

　お浜は中奥御殿を後にする。

「頼もしいの。芯の強い良い娘に育ったものだ」

　幸之助は苦笑する。

「御前にあのようなことを申すとは思いも寄りませんでした」

　政直は障子を開けた。うるさいくらいに鳴く蝉の声。強い日差しで景色が霞むが、それでも渡る風はやはり涼しい。

「無礼千万の物言い、わしには甘えているように聞こえてな。心なしか嬉しいのだ。お浜はそれも計算尽くであろう。心の駆け引きは見事だ。わしの腹心幸之助をも出し抜く小賢しさだ」

「……はあ……」

褒められたのやら貶されたのやら。大笑いをしている政直を見やり幸之助は苦笑いをする。

夕刻、幸之助は再びお浜の様子を見に佐野の家へ訪れる。

「とんだ悋気を買ってしまったな」

大きな溜息をつく幸之助を見つめるお浜。

「坂崎様はおもてになられるのですね。少し考え直さなければと思いまして」

「おいおい」

「半分は冗談ですが半分は真実です」

「私に嫌気が差したか」

お浜はくすりと笑う。

「いいえ、反対です」

「反対とな」

「はい。女としてとても嬉しいのです。皆さんから慕われている坂崎様が私を選んでくださった。それだけで十分幸せな気持ちになれます。たとえ、嫁ぐことができなかったとしても」

幸之助はお浜の前に座りお浜の両手を優しく包む。

「何を言い出すことやら。私にはお浜を娶らねばならぬ訳がある」

お浜は幸之助を見上げた。

「そなたをこの手で抱いて初めて全てのしがらみから解き放たれる。お浜を娶らねば私はいつまで経っても過去を乗り越えられぬのだ。今回のようなことがあると自分のためにお浜に嫌な思いを強いているようでな、心が痛む」

幸之助のいつも変わらない優しいまなざしを見つめ、お浜はうつむく。

「どんな罰でも受けなければならない身です。お気になさらないでください」

「お浜」

幸之助はお浜の顎を持ち上げる。涙を浮かべている顔を見つめた。

「お互い、全てを乗り越えて夫婦にならねば心の傷が癒えぬ。違うか」

小さく頷いたお浜を抱きしめる。


こずえは冷たい水を汲みに井戸へと出かけた。途中、照之進に呼び止められる。

「お浜の様子はどうだ」

「小橋様の処置が的確だったので大事には至らないそうです」

「そうか。ひと安心だな」

こずえを見つめ微笑む照之進。

「幸之助から聞いたのだがお浜の出生の経緯、こずえは全て知っているのか」

「はい」

「そうか。お浜とはたいした女だな。あのような仕打ちをされても血筋をおくびにも出さず町人の娘を貫き通す気なのだから」

「将基のようなに剛毅で気丈ですが菩薩のような笑みと心をお持ちです。とても素敵な方にお仕えできて幸せだと思っております」

月明かりの中で微笑んだこずえの笑顔に照之進は息を呑む。二十数年の付き合いだがこんなに穏やかで温かい無防備な笑みは初めてだ。

「こずえ……」

こずえの腕を掴み瞳を見つめた。輝く瞳に自分の顔が映っている。今までの自分の所業をどう話せば許してもらえるのだろうか。本当の気持ちをどう伝えれば良いのだろうか。言葉が見つからない。

こずえはにっこり微笑む。

「水を汲みに行きますので」

「……あ……ああ、そうだったな」

照之進は手を解く。二人は無言のまま井戸へ進んだ。つるべを動かす照之進。手桶に水を汲み入れる。

「家の前まで持っていこう」

「ありがとうございます」

無言のまま佐野の家まで戻ってくる。

「ありがとうございました」

照之進から手桶を受け取るとき手が触れた。戸惑いの眼差しで照之進を見つめるこずえ。月の光に照らされ、はにかむこずえの表情に妖が漂う。照之進はこずえを抱きしめる。

「許せ」

声にならない声でつぶやくと闇に消えていった。

こずえは涙がこぼれた。慕う心を憎しみに変えようと努力してきたが結局できなかった。あがけばあがくほど自分の心を思い知らされる。拒んだ自分を責めれば虚しさは増すばかり。悔やみ続けた二十数年。その冷たく凝り固まっていた心が静かに解けてゆく。

佐野の家を出たところでこずえと照之進の姿を見かけた幸之助は遠巻きに見守っていた。忍び泣くこずえの肩を叩く。

「時間とは本当に有難い薬だな。救いがたいあやつをも大人にしてくれる」

「坂崎様……」

両手で顔を覆い泣くこずえの肩を抱く。こずえは幸之助の胸に泣き崩れた。宥（なだ）める幸之助の温かい笑顔。

「お浜もさぞや喜ぶであろう」

「……ありがとうございます」

「まだまだ浮草ゆえな、しっかり監視するのだぞ」

「はい」

涙を拭いながら微笑むこずえ。幸之助は大きく頷くと長屋へと歩き出す。幸之助の背中を見送ったこずえは桶を抱え家へ駆け込む。

翌日、昼四ツ（午前十時頃）に佐野の家へ駕籠が到着したという知らせが届く。朝から押しかけていた朝子が茶会ならば自分も行くと譲らない。

「よろしいのですか」

我が物顔で付いて来る朝子に溜息をもらすこずえ。

「仕方ないでしょうね」

苦笑するお浜。門前に止まっている駕籠に朝子は一瞬動きが止まる。葵の紋の入った駕籠だ。お浜は駕籠の横で控えている駕籠かきに微笑む。

「今日は乗られる方がいらっしゃいますので」

朝子に乗るよう勧めるお浜。朝子は恐る恐る乗り込む。駕籠は水道橋水戸家上屋敷へと向かう。門番にも丁寧に挨拶をするお浜。すると綱条の側近仲野善右衛門が出迎えてくれる。

「どうされた」

早速お浜の包帯に目が留まる。

「火傷をしてしまいまして」

お浜は申し訳なさそうに微笑む。お浜とこずえを潜り戸から中へ案内する。

「仲野様、実は今日はもう一人御前様にお会いしたいという者がおりまして」

「ほう」

駕籠の中から出てきた朝子。見目麗しい朝子に目を細める善右衛門。

「さ、中へ」

朝子は門構えに驚く。本破風の屋根に両番所。江戸の地理に疎いとはいえ、土屋家より遙かに立派な門。確かこの造りは十万石以上の大名しか許されていない構え。下がる提灯も三つ葉葵。徳川御三家の表門だ。潜り戸の前でいつもと同じ何食わぬ顔で微笑んでいるお浜。

「朝子さん。御前様がお待ちですから、さあ、早く」

お浜に手招きをされ、なぜか面白くない。三人は善右衛門の先導で御殿へと入る。中奥で待つことしばし。綱条が現れる。

「相模守殿の書状を拝見した。大変だったな」

お浜は深々と頭を下げた。

「お茶を点てられずに申し訳ございません」

「いや、大事に至らず何よりだ。父上も安心しよう」

お浜は綱条を見つめた。と、そこへ光圀が慌てて入ってくる。お浜に駆け寄ると前に座り手をとる。

「痛まぬか」

まるで小さな子供でも見つめるような温かい瞳でお浜を見やる。

「はい。大しては」

お浜は苦笑する。

「相変わらず気丈よの。坂崎殿も呆れていよう」

お浜は無言で光圀を見つめた後、小声でつぶやく。

「弱音を吐けません事情がありまして」

光圀が目配せでお浜の後ろに控えている娘を見ると、お浜が小さく頷き苦笑する。

「お浜。誰だ」

「はい。当藩国家老根上殿のご息女朝子殿にございます」

「面を上げよ」

光圀の言葉に恐る恐る顔を上げる朝子。光圀は見つめた。何と整った美しさをしている娘か。これは強敵。お浜の笑顔もかすむ佇まいだ。

「朝子。せっかく来たのだ。そなたが茶を点ててくれ」

一瞬驚いた朝子だが、丁寧にお辞儀をする。

「では、点てさせていただきます」

いささかとげのある声音に光圀は首をひねる。そんな光圀を見つめお浜はにっこり微笑む。

「朝子さんは私よりお上手ですから。良かった。今回はお茶室からのお庭を望められないものと諦めておりました。朝子さんが一緒で良かったです」

光圀はお浜を見つめる。お浜が点てずとも当然のようにこずえに点てさせる。そのようなことは百も承知のお浜が朝子をおだてるとは。朝子の先ほどの返答はお浜に対する優越を表していたようだ。この朝子という娘、見かけによらず相当の曲者のようだ。光圀の見透かす鋭い視線にお浜は苦笑した。

善右衛門が朝子を茶室へと案内する。暫くして光圀、綱条、お浜にこずえが茶室に到着。開けられた窓から風が通り抜ける。茶室の前に拡がる池の湖面を照らす強い陽射し。風にざわつく葉擦れの音。時雨となって降る蝉の声。

お浜は無言のまま庭を見つめる。

「本当にお浜はこの景色が好きとみえるな」

綱条が微笑む。

「はい。春は花、秋は紅葉、冬は雪とどれも外せません。本当に落ち着きます」

光圀が首を傾げる。

「夏の褒め言葉がないではないか」

お浜は肩をすくめる。

「夏は風」

「風とな？」

光圀と綱条はお浜を見つめる。

「はい。風が木々を通り抜けるとき葉擦れの音がいたします。水面が揺れてひときわ輝くとあそこにも風が通っているのだなと分かります。暑さを癒してくれる風の姿が見えたような気分になります。このお茶室からのお庭の眺めは暑い夏だからこそ感じる心地よい風の通り道の眺め。深き緑と木漏れ日と、蝉時雨と風の道。夏ゆえの静寂を味わえる最高の場所だと思っております」

お浜はくすくす笑う。

「本当は軒先に風鈴をぶら下げたいのですけれど」

光圀と綱条は吹き出す。

「お浜は風流なのだか無粋なのだか分からぬところが面白いのよ」

けたけた笑うお浜を温かく見つめる光圀。

「全く。この変幻自在な感性に魅了されますな」

綱条が光圀を見つめて笑い転げている。

朝子は天下の副将軍と呼ばれる光圀と御三家水戸の藩主綱条が馬鹿笑いをしている姿に圧倒され手元が狂いそうだった。

「お浜。次訪れるときは風鈴を持ってまいれ。軒先につるそうぞ」

「南部とビードロ、どちらがよろしいですか」

「南部だな」

「畏まりました」

真面目くさった光圀とお浜のやりとりに綱条は笑いが止められない。

暫く笑っていた綱条が末席にいるこずえを見つめる。初めて見かけたときから一年近く経つが、こんなに明るく穏やかな表情は初めてだ。綺麗なのだが影がありどことなく寂しげな面持ちのこずえは、お浜が明るいだけに一緒にいるとより重い印象を与えた。

「何か良いことでもあったか」

「お気づきですか。私がいくら尋ねても答えてくれません」

こずえはうつむく。

「申し上げるようなことでは……」

「こずえ。良かったな」

光圀の言葉に驚くこずえ。

「わしは伊達に年を取っているのではないぞ。これでうちの家臣が何人泣くのやら」

「ご老公様……」

「実はな、そなた達が訪れるようになってから、こずえを嫁にとの申し出が何人からもあったのだ。相模守殿にお伝えしたら断られてな」

お浜は膨れっ面をする。

「ご老公様。こずえさんは私の侍女です。御前様に先に話しをされるなど筋違いでございます」

「おお、これは恐れ入った。姫。許されよ」

お浜は笑う。

「こずえさんは皆さんからお褒めの言葉をいただける素晴らしい女性です。見習うお手本が身近にありますから、こんな幸せはないと思っております。なのでこのにこにこ顔はちょっと残念なのですけれど」

「……お浜さん」

嬉しそうに微笑むお浜。それを当惑気味で見つめるこずえ。

「そなた達は見ているだけで微笑ましい。主従の垣根を越えた良き相手のようだな」

綱条が笑う。

和気藹々という表現が一番似合う雰囲気。この四人はどうやらいつもの顔ぶれでかなりの知り合い。

朝子は独り取り残されるのが嫌で四人の会話に耳をそばだてて聞き入る。茶を点ててはいるものの心茶にあらず。光圀は出された茶を一口含み茶碗を置いてしまう。

「朝子。わしの茶席を何と心得る」

光圀の厳しい言葉に朝子は光圀を見つめ返す。

「……何かお気に召しませんでしたでしょうか」

「大した物言いじゃな。この茶を飲んでみよ」

光圀は茶碗を朝子に突き返す。朝子は一口飲んでみる。これといって何が悪いのか分からない。

「分からずば良いわ！　こずえ。点て直せ」

「はい」

こずえは炭の火加減、釜の湯量、棗の中を覗き席に着く。手前が進むと光圀はこずえに声をかけた。

「相手はどんな男じゃ」

こずえは苦笑する。

「どうしようもない遊び人でございます」

「お浜の知った者か」

「はい。佐野の母の実家の跡取ですすゆえ」

「いい男か」

「それはもう。藩の女はこぞって声をかけます。ですから調子に乗っておりまして札付きの遊び人なのでございます」

「手厳しいな」

「はい。こずえさんを散々悲しませてきましたから」

「それでもこずえを虜にする男か、会ってみたいな」

綱条の言葉にこずえは苦笑する。

「ま、男に生まれて据え膳を食わぬようでは男とは言えぬ。こずえの相手の心、充分理解できるわ」

光圀は笑う。

「遊びならば良いと？」

お浜が鋭く切り込む。

「これ。じじいを睨むな。据え膳とは誰が出すのだ。女であろう。差し出すことは褒められることなのかのう？　姫？」

「……それは……」

「そうであろう。男だけを悪者にして欲しくないものだ」

茶席が一瞬静まり返る。釜が湯を沸かすちんちんという音が鳴り響いた。こずえは棗に手を伸ばす。

蝉の声。葉擦れの音。釜の音。柄杓から注がれる湯の音。茶筌の小気味よい茶を点てる音。侘びと寂びの織り成す空間。

こずえは光圀に微笑み茶碗を畳へ置く。光圀が手を伸ばし頂戴する。一気に飲み干した。続けて綱条へも点てる。綱条は飲み干し微笑む。戻ってきた茶碗で再度点てる。本来ならばお浜が頂戴する茶碗。

「お浜。その茶を朝子に飲ませよ」

「はい」

お浜は自分の手元へ下げた茶碗を朝子へと回した。朝子はあからさまに不機嫌な表情で茶碗を手にする。一口含み驚く。なんと薫り高く甘く深い味わいの茶か。先程自分が点てた茶とは別物だ。朝子は慌てて茶碗を置いた。

「……こずえさん……一体あなた、何をしたの」

「ごめんなさい。お浜さんほど、お湯の見極めが上手くできませんから、お口に合いませんでしたか」

朝子は呆然とする。光圀は厳しい表情で朝子を見つめた。

「朝子。茶を入れるということと、茶を点てるということでは意味が違うのだぞ。誰に手前を教わったのか知らぬが、そんな基本もわきまえずしてこの席に居合わせるは、わしの茶席を愚弄するもの。許しがたい」

光圀の剣幕に朝子は食って掛かった。

「お言葉を返すようですが、お浜さんは町人。それこそこの場には不似合いかと存じます」

朝子はお浜を見つめてあざ笑う。

「勘違いをするでない！　お浜の手前は茶人として名高い蜂須賀殿をも唸らせるもの。茶は出自で点てるものではないわ！」

朝子はお浜を睨む。

「自分の点てた茶を飲んだであろう。こずえの足下にも及ばぬ。あんな不味い茶は飲んだことがないわ！」

「もう一度点てます」

「そなた、わしに命令をする気か！」

朝子は意味が分からずむすっと光圀を見つめた。

「点て直すということは、その茶を再度飲めと言っていることぞ。冗談ではない。茶の湯の神髄も知らぬのか！　この茶席は練習の場ではない。一期一会も分からぬものは目障りじゃ。下がれ！」

光圀に叱責され朝子はしぶしぶ茶室を出てゆく。

「申し訳ございません」

お浜は深々と頭を下げた。光圀はぽかんとお浜を見やる。

「私が朝子さんを連れて参りましたばかりに、ご老公様にご不快な思いをお掛けいたしてしまい、本当に申し訳ございません」

光圀は笑い出す。

「どこまで生真面目なことか」

「二代目廉恥殿だな」

綱条がお浜の肩を抱いて笑い出す。

「朝子はお浜の恋敵であろう。それも相当の自惚れ屋だ。おそらく坂崎殿の嫁は自分の他には考えられないと豪語するほどの驕りよう。違うか」

綱条に見つめられ小さく頷く。

「朝子とお浜との人間の質の違いを知らしめるにはあれくらい貶さねば感じぬ。まだ生温いかもしれぬがな」

「御前様。私は立派な人間では決してありませんから……」

綱条は肩を抱き寄せる。

「お浜は自分をわきまえ他人を思いやることのできる女ぞ。それができるは立派なことだ。皆できぬがゆえに、自分を飾り背伸びをし驕り威嚇し力を誇示する。お浜はあの朝子などとは比べものにならぬほど出来た女だ。何せ天下の副将軍と言われる頑固者の父上が目に入れても痛くないほど可愛がる、変わり者で偏屈を自称している私がべた惚れしているのだからな。どこの姫でも敵わぬ折り紙付きの箔だと自惚れてもよいのだぞ」

困惑しているお浜を見つめ光圀が笑う。

「そういうものが嫌いで、自惚れることもないからこそ、坂崎殿がぞっこん惚れ込んでいるのだがな。このわしも」

お浜は深々と頭を下げた。

「本当にありがとうございます。私はなんと幸せ者なのか。言葉がございません」

「全てお浜の人と形だ。驕ることなく精進するのだぞ」

「はい」

大きく頷き微笑む明るい顔。光圀と綱条は素直で屈託のないお浜の姿に目を細めるばかり。

今日も一日カンカン照りの太陽が傾きかけた頃、幸吉は紀伊国屋文左衛門が自分とお浜のために用意してくれた下谷の家にいた。油蝉の声が蜩の声に変わり始めている。小さいが、柘植に松に梅に楓の木が植えられ川石が中央に配された庭。手前には萩に紫陽花、山吹、小手毬といった花をつける低木が並ぶそれなりの造りだ。幸吉は枯れ花を付けている紫陽花の枝に鋏を入れる。来年の花のための剪定である。ここへ来るのは久しぶりなため、梅の枝も伸び放題、松の芽も伸びきっている。溜息混じりに松の新芽を摘み、空を仰ぎながら梅の枝を下ろす。

「珍しいこともありますのんやな。あんさんが心ここにあらずで鋏握ってる姿なんぞ、初めて見ましたで」

紀伊国屋文左衛門がひょっこり顔を出した。

「ちと気が重くなることがあってな」

幸吉は苦笑する。

水戸家で恥をかいて以来、朝子はお浜の素性を教えろと毎日家に押しかけてくる。町で見かけた娘であること、八丁堀にある飲み屋で働いていたことを話せば、町人風情にあれほどの気品があるのは変だと食い下がる。お浜は実は町人ではなく土屋家の江戸家老だった佐竹の孫娘だと言えば、俄かには信じられないと耳を貸さない。そのうち手当たりしだいお浜のことを聞きまわったようで、亡き昭直が寵愛していた情報を仕入れたらしく、若殿様のお下がりなど坂崎家の恥だと憤慨したかと思えば、自分よりもお浜を選んだ意図が分からぬと泣くはわめくは。家にいても気が休まらず市中へ逃げてきたのである。

「ほな、丁度良かった。気晴らしに一杯やりまひょか」

幸吉は大きな溜息をつく。

「文左衛門の吉原お大尽遊びに付き合わされるのでは余計落ち着かぬ。今日は遠慮しよう」

「いえいえ。今日はちと趣向を変えてますのや。菊乃姉さんを呼んでありますさかい、しっぽりと艶っぽい酒が飲めますえ」

幸吉は肩をすくめる。

「助平根性を出すと高見沢に斬り刻まれるぞ」

文左衛門は道具を片づけ始めている幸吉を斜に見つめた。

「この頃、やけに下世話なことを言いはりますな。もしかすると、お浜はん大事が高じて欲求不満なんとちゃいますか」

幸吉は手を止め文左衛門を睨んだ。

「こりゃあ、図星やな」

腹を抱えて笑っている文左衛門。

「一度、殺してくれようか！」

文左衛門の案内で浅草の田圃へとやって来る。農家を借り切っての蛍狩り。やることの大胆さにあんぐりと開いた口が塞がらない。どうやら客は自分だけではないようだ。

「もうじき大事な商売相手が来ますよってにな。もう少し待っといとくれやす」

開け放たれた障子。目の前に広がる田圃は稲穂が二尺（約六十センチ）程伸び、若草色が目に眩しい。時折吹く風にたなびく葉擦れの音が涼を醸し出す。陽が陰り薄暗くなると気の早い蛍が飛び交い始める。

酒の膳が運ばれる。どうやらお客人の到着のようだ。

文左衛門が案内してきたのはなんと武士。上座に座ると幸吉を見据えた。

「こちら。わての友達でしてな。植木屋植宗の幸吉はん言わはります。その筋ではえらく有名な職人さんなんですわ。お屋敷のお手入れでなにか御用がありましたら、その際にはご贔屓に」

幸吉は深々と頭を下げた。

「植木屋か。覚えておこう」

文左衛門の酌で酒を飲み始めてまもなく菊乃が現れる。白と藍色の間道柄の着物に蛍をあしらった黒い帯。抜いた襟足が夕闇に白く生え、粋で妖艶なことこの上ない。

「遅くなりました」

幸吉が居合わせるのに気づき、丁寧にお辞儀をする。

蝋燭を行灯に入れた揺らぐ灯り。菊乃の歌声を聞きに来たのか、蛍が舞い込む。菊乃の澄んだ綺麗な声と艶やかな三味線の音。情緒と風情の織りなす極上の時間。

幸吉は、杯をゆっくりと口へ運んだ。伏見辺りの下り酒だろうか、すっきりと澄んだ飲み心地。やや辛口の美酒。料理との相性は言うこと無しだ。その用意された料理もなかなかのもの。鱧の湯引きに梅肉を添えたものは、鱧の脂と梅肉の酸味が絶妙な味わいをうみ好相性だ。稚鮎の塩焼きは、化粧塩も見事だが蓼酢の爽やかな香りと鮎の苦みが旨みを倍増させている。蕗と高野豆腐の煮染めは、鰹だしをたっぷり含んだ蕗の美しい緑とじゅわりと出汁がほとばしる優しい豆腐がこれまた唸る味わい。蓴菜（じゅんさい）がふんだんに浮かぶ海老しんじょ。海老出汁がとてもよくでている吸い物で、漆の器の黒としんじょの優しい赤が見た目にも美しく、蓴菜のつるりとした食感と軟らかい歯ごたえは食の楽しさを存分に盛り合わせた一椀だ。どれも季節を生かした食材でさすがという品揃え。

菊乃の笑顔を加えると文左衛門の言葉通りしっぽりとした艶っぽい宴席。幸吉は久しぶりに心地よい時の流れを感じていた。

文左衛門の招いた客は菊乃を食い入るように見つめている。一挙手一投足逃さないというような菊乃を上から下へ舐めまわす視線。ややもすると良からぬ思いを抱いているのではないかとさえ感じさせる汚れたものが垣間見える眼差しだ。

深川、いや江戸で一、二という評判の芸者菊乃。客のあしらいもやはり上手で、重たい視線にも涼しく微笑む菊乃に幸吉は内心感心する。

すっかり酒が回った武士は上機嫌。酌をしていた菊乃の手を掴み引き寄せた。

「ここからは二人にしてもらおうか」

文左衛門をちらりと見やる。菊乃は武士を見つめた。

「お武家様。私は遊女じゃありません。芸は売っても色は売らないんですよ」

武士は笑い出す。

「ずいぶんとお高く留まった芸者だな」

「それが私の売りでしてね」

それでも菊乃の手を離そうとしない。

「では、私がお前を買った最初の男ということになろう」

菊乃を抱き寄せようとした瞬間、菊乃は武士の腕を叩き払う。

「甘く見てもらっちゃあ困りますね。女を買いたきゃ吉原にでも行ってもらいましょうかね」

菊乃の啖呵に一瞬度肝を抜いたが武士は刀の柄に手をかけた。幸吉はすかさずその手首を握り締める。自分の手首を押さえている幸吉の動きの早さに目を丸くする武士。

「……ぶ、無礼者！」

「お武家様。無粋なことはよしましょうや」

町人に動きを封じられるなど面目丸つぶれの侍は怒鳴る。

「紀伊国屋。不愉快だ。帰るぞ」

文左衛門は門まで見送ると戻ってきた。

「菊乃はん、申し訳ない」

文左衛門は手を突いて謝った。菊乃はくすりと笑う。

「いいんですよ。深川の芸者菊乃も知らない田舎侍に贔屓にされても困りますから」

苦笑する文左衛門。幸吉は杯に残っている酒を流し込む。

「菊乃。送るゆえ少々待っていてくれまいか」

菊乃は三味線を片づけ始めると頷く。

「文左衛門。何を企んでいる」

客人が立腹するのを仲裁もせずに見つめるなど名うての商人のすることとは思えない。

「ばれましたかいな」

菊乃は手を止めた。

「いやね。米沢藩からの材木の注文なんやが、こちらの言い値で買うと言ってきたんですわ。どうも嫌な予感がしましてな。まずは窓口になってるっちゅうお人にお会いしようと思ったわけですわ。あの男、どう思われます。武士以外は人間とちゃう、商人なんぞは下人以下。有無も言わせんと威圧して、正しいのは自分やから黙って従ってさえいればええんだというお人。わがままで身勝手。そう思わはりまへんか」

幸吉は腕を組む。

「相変わらず手厳しい人物批評だな。まあ、納得だが。して、何を造るのだ」

「中屋敷の改築なんやそうで」

「屋敷の改築?」

「せやさかい、用心してますのや。武家屋敷の改築と聞いてほいほい話に乗るほど、わてはあほとちゃいますがな。調べに調べんととんでもないことに巻き込まれますさかいな。ほんまに藩の意向なのか。あの男の思惑なのか」

幸吉は大笑いする。どうやら今日の蛍鑑賞の酒宴に招待された意味が見えた。

「お主も相変わらずただでは起きぬ食わせ者よ。私に面通しをさせるとは」

「当然ですがな。わては天下の紀文でっせ。誰がただ酒なんぞ振る舞いますかいな」

「名は何と申す」

「作事方の川部又三郎様と」

幸吉は菊乃を横目で見やる。名を聞いても顔色ひとつ変えない。

「文左衛門。菊乃姉さんは私が責任を持って送り届けよう」

「ほな、よろしゅうに」

浅草田圃から歩いて山谷堀へ。幸吉はにやりと笑う。思ったとおり後を付けられている。猪牙舟に乗り込む。

「あの侍に心当たりはないのか」

「いいえ」

「あの侍にとって、菊乃は知り合いのようなのだがな」

菊乃はしばらく考えてから微笑む。

「以前にも袖にしましたかね」

爽やかな笑顔に苦笑する幸吉。

「葺屋町であったな」

幸吉は肩をすくめた。

「あら、帰れますよ。ご心配なく」

「実は付けられている。先程の侍だ」

幸吉は小さく顎をあげ視線を川縁へ投げた。菊乃はほんの少し顔を動かし幸吉の視線の先へ目を向ける。確かに、裃姿の武士が舟を追うように足早に付いてくる。

「家には高見沢殿がいようからその点での心配はしないが、このまま真っ直ぐ帰って家を教えて良いものか。文左衛門も何かを感じていたのであろう。そなたの名を一切口にしてはおらぬ」

さすがの菊乃も顔を曇らせる。

「時間が許すならば策を講じるが」

菊乃は頷いた。

「船頭。舟を本八丁堀へ向けてくれ」

二人は喜楽へ入る。どうやら追っ手もちゃんと付いて来たようだ。

「これはお珍しい組み合わせで」

玄兵衛が笑う。

「すまぬ。高見沢殿へ繋ぎが取れるか」

玄兵衛はくすりと笑う。

「もうそろそろお見えになりましょう」

幸吉は慌てて裏から出ると店の一本先の路地へ身を隠し高見沢が来るのを待つ。運良く高見沢と桜井が並んで歩いてくる。幸吉は川部がこちらに気づいていないかを確かめ、二人の手を掴まえた。

「すまぬ。訳有りなのだ。裏から回ってくれまいか」

「また何かしでかしたのか」

高見沢が笑う。三人は喜楽の裏手から店へ入った。店に菊乃がいるので驚く高見沢。

「紀文の座敷があったのではないのか」

菊乃が留守なので桜井を誘い喜楽へ来たのである。

幸吉は文左衛門の設けた宴席の話をする。高見沢は一瞬表情を強張らせるが玄兵衛に酒を催促する。

「まずはゆっくり、鯉のあらいでも味わおうではないか」

笑っている高見沢をやはり一瞬暗い表情で見つめた桜井も腰を下ろす。

玄兵衛の運んできた徳利を菊乃の酌で飲み始める。

一刻（約二時間）程、鯉のあらいと冷奴を肴にいつもと変わらぬ冗談と世間話をして高見沢は菊乃を伴い用心のためにと裏口から帰って行った。店には桜井と幸吉のみ。静まり返る。

「……聞きたいことが……」

桜井と幸吉は同時に言葉を発する。苦笑している桜井の暗い表情。

「菊乃は何者だ」

幸吉は自分の杯に酒を注ぎながら桜井を見上げた。

「お主には隠せぬな」

「茶会の時より武家の娘であることは分かっていた。何か目的でもあって身分を隠しているのか」

「いいや」

桜井はゆっくり頭を振る。

「武士の娘なのだが……菊乃には芸者以前の記憶がないのだ」

幸吉は桜井を凝視する。


今から八年も前のこと。

三番町には将軍が出行する際の警護をする役職、新御番役の組役人達が住む屋敷が並んでいる。新御番役の番頭を務めているのが三千石の高見沢唐吉郎。江戸城本丸二番組の組頭を拝命しているのが倉橋辰治。その配下となる組役人の一人が横内左右衛門。高見沢右近は三男、倉橋辰之進は次男、横内左門は長男。同じ年に生まれた三人は幼い頃より行動を共にしていた仲間である。元服を済ませ女性の匂いや足に興味がわく頃、三人が剣の修行にと通っていた月邨（つきむら）道場に三つ年下の娘がいた。快活で父親譲りの抜群の身のこなし。剣をも使いこなすあどけないが美しい娘、沙愛（さえ）。嫡男で家を継ぐことも職も保障されている横内左門はいち早く女に興味を持つ。三人の中で見栄えは一番劣ったが、話し上手なうえ人を笑わせることが得意で明るくひょうきんな左門に沙愛は微笑むようになる。

「この頃、沙愛殿はやけにお前ばかり見ているな」

倉橋辰之進が左門を見やる。

「それなりに努力をしているからな。来年、役職に就く頃には祝言を挙げられると良いのだがな」

「ちょっと待て。そんなことは聞いていないぞ」

「何だ。辰之進も沙愛殿に気があったのか」

一足遅いぞとからから笑う左門。

「まだ体を重ねているわけでもあるまい。私がその気になれば女の一人や二人、すぐその気にさせてみせる」

「沙愛殿は利口だ。遊びで声をかけてなびくような女ではないわ」

自信たっぷりに笑う左門に辰之進は挑戦的な笑いを漏らす。

二人がそんなやり取りをしていることなど知る由もなく高見沢は剣の稽古に勤しんでいた。夏の暑い日、高見沢が道場の裏手にある井戸で汗を流していると沙愛が手拭いを差し出してくれた。困惑しながら見つめる高見沢。

「お使いください」

明るく微笑む沙愛の眩しいばかりの笑顔。

「……これは……忝ない……」

高見沢は三男として生まれ落ちたがために保証された仕事はなかった。そのため部屋住みという居候にしかならず、家では肩身の狭い思いをしている。家を継がぬ者は嫁を取ることができないため、女に興味を持ったとしても、結局遊びになるだけ。それもなんだか虚しい。自分は剣の道で生きるのだと小さい頃より言い聞かせていたので、周りが色恋で騒いでいても何も感じなかった。そんな高見沢は女の目から見ると安心できる存在だったのかもしれない。

「高見沢様。ご相談したいことがありまして」

沙愛の顔が俄かに曇る。

「……私で何か役に立つのですか」

一度も口を利いたことのない女に相談を持ちかけられてもどう対処したら良いものか。無碍に断るのも何故か可哀想なので聞くことにする。沙愛の口から出てきた言葉は辰之進と左門から求愛されたが、二人の本心を知りたいというものだった。寝耳に水。何のことやら。

「左門様と辰之進様はいつも高見沢様とご一緒ですから、高見沢様ならお二人のことをよくご存知だと思いまして……私をどう思っていらっしゃるのかも……」

高見沢は苦笑するしかなかった。

「申し訳ない。私は女になど興味がなくて……あ……これは……失礼を申した」

何かを言えばぼろが出る。

「あの二人が沙愛殿に下心があったとは……あ……」

取り繕おうとすれば余計深みにはまる。高見沢は言葉を失い固まる。

沙愛はくすくす笑った。

「高見沢様は素直でいらっしゃる。ご相談してよかった」

「えっ！」

「殿方が女に声をかけるのは、やはり下心からなのですね」

そう決め付けられても困るが、否定はできない。

「沙愛殿。辰之進はどうか分かりませんが、左門は単なる下心から沙愛殿に近づいたのではないと思いますよ」

沙愛は首をひねる。

「左門は横内家を継がねばならぬ男。人を笑わせるのが得意で軽そうに見えますが、誠意のある男です。左門があなたを伴侶にと申し出たのであれば、遊びや嘘ではないと思います」

高見沢の優しい微笑みに沙愛はにっこり笑う。

「やはり、人を見る目がおありですね。父が申しておりました。あれほど真剣に剣と向き合うことのできる人間は信頼の置ける頼れる男だ、と。嫁に行くならば本来は高見沢様のような男なのだがな、と」

有難いやら情けないやら。師匠の微妙な表現に苦笑するしかない。三男という立場を如実に表している褒め言葉だ。

「ありがとうございます。こそばゆいですね」

「もう少し私なりに考えてみます。本当にありがとうございました」

これが最初で最期の月郁沙愛との語らいだった。

それからしばらくして高見沢は月郁に呼ばれる。

「そちは、そろそろここを飛び立つ時期であろう」

「……先生……」

「わしも年を取った。体が思うように付いて行かぬ。実はな、八丁堀にわしの愛弟子で沙愛の姉の婿が道場を開いておるのだ。やり手での。門弟も沢山いる。そなたの相手に不足はなかろう。紹介状を書くゆえ顔を出してみよ」

師匠にそこまで言われて断ることなどできない。高見沢は早速翌日出かけることにした。おまけに、同じぐらいの年だが剣を操る技は天性という天才がいると、妙に含み笑いをする師匠の顔も気になる。そんな者がいるならば会わぬわけにはいかない。三番町から八丁堀まで一刻（約二時間）かけて歩いてやってくる。門構えに驚く。月郁道場とは比べものにならぬほど立派で大きい。道場からは稽古の声が漏れていた。その活気ある雰囲気に心躍る思いだった。紹介状を手渡しまずは奥に通される。

「父上より話は聞いていたが、なかなかの眼光。先が楽しみだ。早速汗を流してみるが良いぞ」

「はい」

高見沢が紹介されると我も我もと手合わせを願い出た。見た目で腕を見くびった者はことごとく負かされた。年配者にはさすがに敵わないが食って掛かる気迫に皆が度肝をぬく。こうして高見沢は八丁堀の高森道場の門弟となったのである。

そんなある日、道場にひょっこり顔を出したのが桜井だ。道場の片隅に見たことのない女が勇ましく座っている。桜井は手近にいた者に尋ねた。

「誰だい、あれ？」

「先達て門弟に加わった高見沢だ。なかなかの腕前だぞ」

桜井は興味深々で隣に腰を下ろす。色白く端正な顔立ちのうえに華奢な体。見れば見るほど女のようだ。これで剣が振れるのか。

「まこと、男か？」

「私には男色の趣味はない」

笑い転げる桜井に高見沢はむっとする。

「お主もここの門弟ならば手合わせ願おうか」

「これは面白い。受けて立とう」

桜井は幼い頃より剣の天才ともてはやされ育った。確かに刀捌きには師匠も唸る何かがある。それゆえ努力も鍛錬も大嫌いで稽古というものをしたことがなかった。

二人は木刀を構えた。桜井は高見沢の隙の無い鋭い気配に驚く。桜井がほんの少し木刀を動かすとすかさず身構える。動きを全て見切ったような静かな鋭い視線と体全体から発している気迫に身の毛がよだつ。生まれて初めて味わう恐怖感である。高見沢も何故か動けなかった。桜井からは気迫というものが全く感じられない。真剣に勝負する気があるのかと問いたくなるぐらい隙だらけだ。しかし手も足も前へ出せない。桜井が何気なく構えている木刀がまるで獲物を狙う生き物のように自分を睨んでいるように感じる。木刀に刃はないのだが、隙を見せたなら真剣のように切り刻まれる恐怖心を覚える。対峙すること四半刻（約三十分）、高見沢が踏み込んだ。桜井はその切っ先を呆気なく受け流す。と、すかさず自分の木刀を鋭く高見沢に突き付ける。高見沢はひらりと飛び退き間髪入れずに打ち込む。がっしりと受け止める桜井。お互いに距離を測り、間合いを確かめ、木刀を振り下ろす。繰り返される打ち込みの連続。二人が立会いを始めてから既に一刻以上が経っている。双方の額から流れ落ちる汗。肩で息をする。勝負は付きそうにない。

「止め！」

高森雪斎が制する。

がくりと膝を付いた高見沢。どっと座り込む桜井。二人は見合って大笑いをする。

「顔を洗ってまいれ」

二人は雪斎の言葉に大きく頷き井戸へと走る。

「やるな」

桜井が笑う。

「お主も」

高見沢も笑う。

高見沢は雨が降ろうが槍が降ろうが一日たりとも欠かすことなく八丁堀の道場まで通った。桜井も高見沢が毎日来ることを知り稽古に顔を見せるようになる。雪斎に怒られ、時には褒められして二人は剣の稽古に精を出した。時折行う二人の立会いは決して勝負が付かない。戦いながらお互いを理解し合い無二の友へと親交を深めていったのである。

そしてその年の暮れ。左門が年明けより役務に就くことが決まる。高見沢はこれで一人前だなと祝福した。

「沙愛殿とはどうなっている」

「春に祝言を挙げる」

「それは良かったではないか」

「ああ。お前も見違えるほどたくましくなったな」

「今通っている道場で鍛えられているからな。面白い男がいるのだ。今度是非会わせよう」

「それは楽しみ」

ところが、その数日後、組屋敷街にとんでもない噂が流れた。沙愛が人目を忍んで男と密会しているというものだった。沙愛は左門に何かの間違いだと説明する。左門は沙愛を信じたものの親は憤慨して縁談自体を断ると言い出す。月邨は家の恥晒しだと沙愛に勘当を言い渡す。途方に暮れる左門と沙愛。双方が辰之進に相談する。辰之進は二人で江戸を離れ幸せに暮らせと助言。江戸を離れるにあたっての手引きをしてくれる人物を紹介すると言って辰之進は左門に落ち合う場所を告げる。

「高見沢は、辰之進の計らいで沙愛と暮らせるようになった。落ち着いたら文を出すと言い残して組屋敷を出かけた左門がこの世の見納めだったと言っている」

「その沙愛と申す女子が菊乃なのか」

「そうだ。左門が行方知れずになってまもなく沙愛も辰之進も姿を消した。高見沢は随分探したそうだが結局見つからなかった。ところが、月郁と称する男が道場荒らしをしているという噂を耳にし、私も一緒に出かけた。物陰から覗いたその男は辰之進だった。後を付けると小さな長屋で沙愛と所帯を持っていたのだ。訪ねるべきかどうしたものかと迷っている矢先にその長屋で火事が出た。慌てて駆けつけると胸に短刀が突き刺さり顔が火で焼け焦げた男と背中を袈裟懸けされた沙愛が手をしっかり紐で結び転がっていた。沙愛は一命を取り留めたのだが自分の名前すら覚えていなかった。男は着ていたものから辰之進だと判明し心中まがいの不名誉な死を遂げたことになっている」

「どういうことだ」

「実はその屍、手に象牙の見猿の根付を握り締めていたのだ」

「見猿の根付？」

「同じ年に生まれた子供たちの健やかな成長を願って、高見沢には聞か猿を、左門には言わ猿を、辰之進には見猿を、お守り代わりにと高見沢の父上が買ったものとか」

「なるほど、自分の根付をわざわざ引き千切って持っているなど変だな。辰之進が替え玉を用意したということか。心中とあっては親が検分すらしないであろうしな。上手く考えたものだ」

「その通りだ。奉行所の記録でも辰之進は死んでいる。沙愛は私の知り合いの踊りの師匠に預けて芸者菊乃として一から育ててもらった。未だにあの折の記憶は無いらしい。いや、思い出さぬほうが幸せなのかもしれぬ。沙愛にとってよほどの出来事だったのではないかと思うのだ」

「なるほど」

幸吉は酒を飲み干す。

「背丈は高見沢殿ほど。胸板が厚く頑強な体格。面長の色黒で眼光鋭く隙が無い。文左衛門曰く、武士以外は人間ではないと思っており、商人などは下人以下。武士を嵩にかけて威圧し、正しいのは自分だから黙って従ってさえいれば良いのだという態度が見える、灰汁の強い男であったぞ」

桜井はにやりと笑う。

「才あるがゆえに道を外したのであろう。次男として生まれ落ちたのが辰之進の不運。兄が非常に優秀で子供の頃より比べられたそうだ。だからこそ本人も努力を重ねいつか兄を見返してやると言っていたとか。確かに辰之進は文武に長けていたらしい。だからといって兄を追い越すことはできぬ。己の力量をどこへも発揮できず、悶々として育ったのであろうな。人を妬み己の運命を呪い。哀れと言えば哀れなのだが」

幸吉はふっと溜息を漏らす。

「辰之進とやら、妥協という言葉を知らぬのであろうな。もっと楽な人生がおくれたものを」

桜井は苦笑する。

「他人のことを言えた義理ではあるまい」

幸吉は明るく笑う。

「ま、その踏ん切りを付けるためにもお浜と所帯を持つのだがな」

桜井は酒をあおると笑った。

「大した男よ。度量といい思慮深さといい情の篤さといい、水戸のご老公が惚れ込むだけはある」

幸吉は肩をすくめた。

「ところで、左門殿はどうなったのだ。未だに行き方知れずなのか」

「いいや。先達ての落雷で見つかったのだ」

幸吉はぽかんと桜井を見つめた。

「人間、悪いことはできぬものなのだな。雷が落ちた木の室に白骨があった。腰の下に言わ猿の根付があったのだ。指物も左門のもの」

「辰之進はふたり、いや、三人の人間の運命を奪ったということか」

桜井は頷く。

「しかし米沢藩に潜り込んでいるのであれば、私にはどうすることもできぬ」

幸吉は桜井の杯に酒を注ぎながらにやりと笑う。

「いや、そうとも限らぬ」

愉快そうににやつく幸吉に首を傾げる。

「中屋敷の改築の件、何やら裏があるようなのだ。怪しい虫は燻り出すに限る。少し時間を貰えれば必ずやお主の前へ飛ばせてみせよう」

自信たっぷりに笑う幸吉。すでに策を持っている口ぶり。

「楽しみにしている」

「くれぐれも菊乃……高見沢殿が用心棒なれば心配には及ばぬな」

「短気を起こさねばな。この一件だけはさすがの高見沢も平常心を保てぬのよ」

桜井は肩をすくめた。

上屋敷へ戻った幸之助は政直に米沢藩から中屋敷の改築工事の願い出があったかどうかを確かめた。

「知らぬぞ」

「やはりご存知ありませんか」

「明日、大目付にも確認してはみるが、そのような大事を忘れるほど年を取ってはいないつもりなのでな」

政直は笑う。

「ご尤もかと」

「ところで、朝子は相変わらずのようだな」

「はあ……いささかまいっております」

「直接お浜に手を下さぬだけの理性はあるようだが、根上は手の付けられない我が子におろおろするばかり。ちと、甘やかしすぎたつけを今になって払っているようだ」

政直は愉快そうに酒を飲む。幸之助は暗い気分で家へと足を向け、はたと立ち止まる。六ツ半（午後七時頃）ではまだ朝子がいそうである。自然と体が佐野の家に向いていた。そこには照之進も居合わせ賑やかに夕飯までご馳走になる。照之進とふたり家へと戻ってくる。朝子の姿はさすがに無かった。

「照之進。せっかくだ。もう一杯付き合え」

「これは有難い！」

　武次の料理で酒盛りを始める。

「朝子をあそこまで嫌味な女にしたのはお前だぞ」

　照之進は笑い出す。

「女の性を引き出したってか」

「そうよ」

「冗談ではない。自分から帯を解くような女、もともと情が深いのよ。俺は襟の合わせから手を入れただけ」

　幸之助は苦笑する。

「それが良くないと申している」

「何、仙人のようなことを言っている。お主だってお浜の胸に手ぐらい這わせているであろうが」

「それは意味が異なろうが。お浜は私の嫁となる女だ。欲求の捌け口ではない」

「俺だって見境なく手を出しているわけではないのだぞ。朝子にしてもそうだ。誘われたが、何せお主と契った女だ。迂闊に手は出せぬ」

「私と朝子との間には何も無いぞ」

「当初は知らなかったのだ。だからこちらも手を這わせる程度。朝子も初めはそれで十分悦びを感じていたようだ。ところが回を重ねるうちに本性を現した。恐る恐る接している俺の股座に手を入れてきた。あれには驚いた。女にそこまでされては抱いてやらぬは酷であろう。自分から足を開くような女だ。もともと大味よ」

　幸之助は大笑いをする。

「食いたくとも頑なに拒まれているこずえはさぞやお前を奮い立たせるのであろうな」

「言うな！」

　膨れている照之進を見て腹を抱える幸之助。

「素直になったものだ」

「うるさい！」

　照之進は照れ笑いをしながら杯を空ける。

「物心付いたとき、いや、こずえが生まれたときからの想いだ。綺麗になればなるほど興味は膨れるばかり。手すら触れられぬ高嶺の花。朝子など足元にも及ばぬ宝だな」

「言ってくれるな」

「実はな、藩一お高く留まっている朝子にはそれなりの興味があったのだ。容姿とて群を抜いて良いではないか。そんな朝子が幸之助を選んだのも、まあ、納得はしていたのよ。ところが、自分の腕の中で恥じらいも無く求めてくる姿を目の当たりにしてしまうと、普段の姿との落差が余計鼻について嫌味にさえ思える。興醒めもいいところ。抱いていても情が湧かぬ。こういう女は嫁にせぬことと、教訓にはなったがな」

　幸之助は爆笑した。

「お前の女遊びは全てこずえへの想いを裏返したもの。手を替え品を替えこずえをその気にさせてお前の腕の中で乱れさせたならば男冥利に尽きるか」

柄にも無く赤面する照之進。

「姿が頭を過ぎるではないか。今夜は寝られぬ！」

「こずえは出来たいい女だ。大事にしてやれ」

「ああ」

「数え切れぬほどの女を肥やしにした甲斐ありだな。朝子も含めて」

照之進は肩をすくめる。

「朝子は俺が肥やしにされただけよ。男にとって価値ある女じゃない」

「お前が言うと説得力があるな」

「当然だ」

二人は大笑いをする。と、廊下を駆け出す足音がした。ほろ酔い気分の二人が振り返る。後姿は女。

「……今のは……もしや朝子では……」

照之進が幸之助を見つめる。

「かもしれぬな」

幸之助はくすくす笑い出した。

部屋へ入ったときに隅に女物の懐紙挟みが置いてあった。朝子が自分が不在だったため取りに来ることを口実に残していったのかもしれないと勘ぐった。この頃の朝子の行動からは単なる忘れ物と思えない節がある。

「男同士の女談義を盗み聞くなどいい度胸だ。自信だけがとりえの朝子には、今の話、ちと、苦い薬だったかもしれぬな」

「……笑い事では……」

照之進は一気に酔いが醒める。

「まあ、聞かれたことは仕方あるまい。全部事実だ」

「それはそうだが……」

「己の技量もわきまえずに、水戸のご老公に食って掛かるような女には、少し灸をすえたほうが良いのだ。懲りよう」

「強か（したた）だぞ、朝子は」

あっけらかんとしている幸之助とは対照的に照之進は不安を抱いた。


幸之助は米沢藩の川部又三郎についてどうやって調べを付けようかと思案に暮れていた。内部に知り合いがいるわけでもない。ここは一つ文左衛門に手伝わせようかと考えを巡らす。

政直から中屋敷の改築申請などやはり出されてはいないと聞き、桜井から聞いた倉橋辰之進の話をする。

「跡取りとは難しい問題だな。なまじ出来ると揉め事の種。出来なければお家の一大事。どちらにせよ親は頭が痛い。そのうち幸之助も同じ悩みに直面しよう」

幸之助は一瞬驚く。自分の跡取りなど考えたことが無かった。政直が笑う。

「なに驚いておる。秋には祝言を挙げよ。早く私に孫を抱かせてほしいものだ」

政直の温かい微笑が家族というものを思い出させた。果たして自分に家庭というものが築けるのだろうか。そこまで考えると少々自信が無くなる。

「米沢藩の家老で富田という男がいる。私の剣友でな。話をしておいたので今夕会ってみよ」

「それは願ってても無いこと。どうしたものかと思案しておりましたので」

「文左衛門にちと世話を頼むことになるのだが……」

「……はあ？」

政直は大笑いをする。

「富田伝左衛門と申してな。剣の腕はすこぶる立つのだが、無類の酒好き。冥土の土産に吉原遊びがしたいと常々申しておるのだ。ま、夢を叶えてやる良い機会かと思ってな」

「御前のお仲間にそのようなくだけた方がいらっしゃるとは存じませんでした」

「おいおい。幸之助は私をどんな男と思うておるのだ。ご老公などくだけているどころではあるまい」

幸之助は苦笑する。確かに光圀は全てにおいて酸いも甘いも苦も楽も心得た達人である。真面目な政直と人生を粋に過ごしている人々とは馬が合うのかもしれない。

「では、早速文左衛門に連絡を取りまして、吉原の用意をさせましょう」

「造作をかける分、文左衛門に何か礼をせねばなるまいな」

「いえ。材木の注文を受けましたのは文左衛門自身。その相手の吟味をするために私を利用しましたので、礼には及びません」

「……そうであったか……したが……たまには茶会もしたいのでな。お浜の手が治らねばそれも無理か」

政直の真の目的はお浜と会うことのようだ。

「御前。そのうち機会を作りましょう。下谷に一軒家を借りましたので、そちらで玄兵衛の料理なども用意しまして是非に」

「それは楽しみ。では、涼しゅうなったらだな」

「はい」

幸吉は八丁堀へと出かける。立派な塀に囲まれた紀文屋敷。

「これはええところにおいでや」

文左衛門は幸吉を庭へと誘う。池に見事な鯉を放していた。

「また、金に糸目も付けずの散財か」

「随分な言いようでんな。鯉かて立派な財産ですわ」

確かに一匹何十両という信じられない値が付く。金とは有る所には有るものなのだなと、文左衛門を見ていると思い知らされる。高価なだけはある。模様の色も鮮やかで泳ぐ姿も均整がとれている。自慢の鯉、さすがに美しい。しばらく見とれていると文左衛門がくすくす笑う。

「やはりご老中の懐刀。何を見てもちゃんと価値が分からはる。恐い恐い」

幸吉は肩をすくめる。

「おだてるな。さて、本題だ。川部又三郎は偽者だったぞ」

「偽者？」

「八年程前、己の野心のために友を手にかけ行方を晦ませた倉橋辰之進という男だ」

「何でそないなことが分かったんです」

「私にも色々と情報網はあるのだ」

幸吉はくすくす笑う。

「で、もう少し詳しく米沢藩の内情を探るためにと御前が人を紹介してくださった」

「御前様が？」

「米沢藩のご家老、富田伝左衛門殿だ」

「こりゃ、大物で。どうせ吉原で一席設けろと仰りたいのでございましょ。承知いたしました。ま、わてが出した舟やさかい、あちこちに寄り道しても目的地には辿り着かんと気がすみまへんわな」

「それならば話が早い。今夜繰り出すぞ」

「ほな早速に」

文左衛門が腰を浮かせる。

「すまぬ。私はちと確かめたいことがあるので出かけてくる。戻るまでに袴を用意しておいてくれぬか」

「分かりました」

「いつも無理を言ってすまぬな」

文左衛門は肩をすくめるとにっこり微笑む。

「今更なんですやろ。坂崎様のわがままはとっくの昔に慣れてますよってに」

幸吉は紀文屋敷を後にし喜楽へ。やはり勘は的中。

暖簾を潜るとお糸の明るい声。椅子に座る気配のない幸吉を見て、板場から玄兵衛が茶を入れた湯飲みを持って出てくる。

「四六時中か」

幸吉が小声で入口を振り返り尋ねた。

「あの晩以来ずっと」

「よほど怖いとみえるな。手出しなどは」

「それはしてきません。店の中にも入ってきませんので」

「それならばまずは安心だな」

玄兵衛に飲み干した湯飲みを返し微笑むと店を出ようとする幸吉。

「わざわざ、そのために」

玄兵衛は驚く。

「玄兵衛に何かあったら私がお浜に怒られる」

幸吉が微笑む。

「くれぐれも気をつけてくれ」

「ありがとうございます」

「桜井殿に、近々、川部又三郎を手渡せると伝えてくれ。詳細が分かり次第、また、顔を出す」

「はい」

　幸吉は喜楽を出る。物陰に隠れている武士はかなり若い。今の川部にはそれなりに付いてくる部下もいるようだ。どんな人物なのかますます興味が湧く。

　米沢藩上屋敷、家老富田伝左衛門のところへ文左衛門が用意した駕籠が迎えに来る。伝左衛門は念願の吉原へ。幸之助は武士の姿で文左衛門と猪牙舟に乗り出かける。吉原を借り切ってのお大尽遊び。花魁道中に富田は大喜び。座敷へ上がっても花魁の姿に目を細め鼻の下を伸ばしている。年の割にはがっしりした体格で、丸顔につぶらな瞳、顎髭が温厚な人柄を物語っている。

「相模守様からお尋ねのあった当藩の作事方川部又三郎は、八年程前に当時の家老が遠縁の者で出来た男と推奨し仕官させたもの。確かに出来る男で、お納戸書物役から八年で出世。機転も利くし頭の回転もすこぶる良くてな。今となってはなくてはならぬ存在だ。部下の面倒見だけはあまり褒められたものではないのだが、勘定奉行の娘と先頃祝言を挙げたばかり。で、又三郎に何か不都合でもありましたかな」

　酒を飲みながら不思議そうに笑った。

「仕官当時のご家老は、川部又三郎殿とご面識がおありだったのですか」

「面識？　さあ、詳しくは分からぬ。何せ昔のこと。仕官させた家老本人は既に他界している。川部が何かしでかしましたか」

　幸之助は苦笑する。

「確証はありませんが、十中八九別人です」

富田は驚く。

「どういうことだ」

幸之助は桜井より聞いた話しをする。

「倉橋辰之進と本物の川部殿がどこかで出会い入れ替わったと考えられます」

「とんでもないことになったものだな」

幸之助は酌をしながら富田を見つめた。

「ところで、中お屋敷の改装を届出されていない理由は何でしょう。知った以上見過ごせませぬが」

「何を申されていることやら。当藩で屋敷の改装計画など全くないが」

「実は川部殿がこの紀伊国屋文左衛門に木材の調達を依頼して来ました。中屋敷の改装用とのことなのですが」

「知らぬぞ」

「材木百本は一体何に使われるのか。事の真相を調べさせていただきたい」

富田は度肝を抜く。老中による検分など藩の一大事。幸之助はくすりと笑う。

「実は私、もう一つ別の顔を持っております。中屋敷へのお出入りを許可願えますでしょうか」

知らぬこととはいえ、無許可の改装をしようとしていたなど表へ漏れれば噂は一人歩きする。米沢藩として取り返しの付かぬ事態を招く。是非とも内々に事を収めねばならない。

「……し……承知した。早速、手配いたそう」

「富田殿。今回の件、相模守は何も知らぬことになっております。ですから私が出向いております。くれぐれも秘密裏にお動きください。不穏な空気を嗅ぎ付ける優秀なお犬様が上様の身近におりますゆえ」

　富田は頷く。

「事の次第がはっきりしましたら、ゆっくり一献」

「そう、願いたいものだ」

　富田は早々に腰を上げる。

　静まり返った大広間。幸之助は大きな溜息をつく。

「あの菊乃はんにそんな過去があったやなんてな」

　幸之助は手酌で注いだ酒をあおる。

「誰しも重い荷を背負って生きているのよ。文左衛門とて同じであろうが」

　文左衛門は一瞬顔を曇らせる。

「他人様に言えないことの一つや二つ……危ない危ない。ポロリと喋りそうになるやおまへんか」

　くすくす笑う文左衛門。

「お堅いお話しはしまいでありんすか」

　幸之助は苦笑する。

「大夫。のけ者にしてしまって、すまぬな」

　煙管をふうっとふかすと優雅に微笑む。

「いいえ。複雑な人間模様はこちらの世界だけではないんですね。浮世とはなかなか生きにくいものでありんすな」

煙管の灰をたばこ盆にカンと捨てると妖艶に微笑む。

「さて。私も帰るとするかな」

腰を上げた幸之助の横に大夫がすうっと寄り添う。白塗りの化粧だけではない、品のある美しさ。嫌みの無い色香とはこういうものなのだろうという手本のような佇まい。

「おや、奥に床を用意させませしたが」

「冗談も程々にせよ。しがない武士が大夫など相手にできるか」

文左衛門はけたけた笑う。

「お浜はんに義理立てしての遠慮なら、内緒にしておきますえ」

「やはり一度殺しておくべきだったな」

幸之助は文左衛門を睨むと、大夫の肩をぽんと叩く。

「今宵はゆっくり休んでくれ」

笑顔を残して幸之助は部屋を出て行った。

文左衛門は大きな溜息をつくと杯を見つめる。幸之助の真面目なところはからかいがいがある。とは言え、いつも軽くあしらわれているのは自分の方だ。いつか乗せてみたいものだと苦笑する。

「吉原にあんな真面目なお侍さんが足を入れるなど、不思議でありんす。文様のお仲間とは思えんでありんすよ」

文左衛門の空の杯に酒を注ぎながら大夫が笑う。

「そうでっしゃろ。歯がゆいほどに堅物なんですわ」

文左衛門の明るい笑顔に大夫はくすくす笑う。

「それでもお似合いでありんすね」

涼しく笑う大夫に文左衛門は苦笑する。確かに、何かと馬の合う幸之助である。

「大夫に一本取られましたな」


幸之助は上屋敷へ戻ってくる。屋敷に入ろうとして足を止めた。女物の草履が並んでいる。また、朝子が来ているようだ。あれだけ馬鹿にされても堪えぬとは、まことに可愛げのない女だ。さて、何と言って追い返したものか。深呼吸をして家に入った。

「帰ったぞ」

その声に出てきたのはお浜だった。

「……お浜！」

真っ青な顔をし今にも泣き出しそうな表情。

「何かあったのか」

お浜は幸之助にしがみつく。

「朝子さんが私に短刀を向けまして、それをこずえさんがかばってくださって」

「何ということ。命は」

「いえ。そのこずえさんをかばうために小橋様が自分を刺せと身を投げ出されたんです」

幸之助は笑い出した。

「お浜がわざわざ私を待っているから何事かと思えば」

お浜は首を振る。

「小橋様。避けることもせずに朝子さんの刃に刺されて」

「なんだと！」

お浜を見下ろし肩をすくめる。

「死んではおらぬのだな」

「源斎先生のお話しでは命に別状は無いと、ただ……」

「どうした」

「実は朝子さん何をお考えだったのか、刺しました場所が……あの……その……」

うつむいて恥らうお浜。

「股間か」

顔を染め頷く。

遊んできた罰が当たったのかもしれない。笑い事ではないのだが笑える。

「まだ何か問題ありと見えるな」

「はい。こずえさんが半狂乱になってしまいまして。今はお薬で寝ていますが」

不安げな瞳で自分を見上げるお浜の左手には包帯。どうやら自分の周りは病人だらけのようだ。

「照之進は長屋か」

「いえ。奥に。今、源斎先生がお見えです」

「……なんと……では、こずえもこの屋敷か」

「はい。武次さん独りではとても大変だと存じましたので、私がお手伝いをしようと……」

幸之助は苦笑するとお浜の左手をそっと包む。

「お浜にどれほどの手伝いができる。無理をされては困るのだぞ」

「……それは……」

幸之助はお浜の肩を抱く。

「側にいてくれるのはとても嬉しいのだがな」

お浜は小さく微笑む。そこへ源斎がちょうど奥から出てくる。

「ご面倒ばかりおかけいたします」

深々と頭を下げる幸之助。

「ま、病人あっての医者。お気に召さるるな」

幸之助は源斎を一番奥の自分が寝起きに使っている部屋へと案内する。

「照之進は男として使いものになるのですか」

「そちらもご心配には及びません。実際、刃物が刺さったのは下腹。傷は決して浅くはありませんが治らないものではありません。肝心なところは、まあ棹に切り傷といった程度。三ヶ月も大人しくしていれば痛みもなくなるはず。ご本人は何故か至って冷静ですし」

「女のことしか頭にない照之進が冷静なのですか」

「お噂は伺っておりましたので、私も少々驚いております。それよりもこずえの方が心配ですかな」

「と、申されると」

お浜が茶を運んできた。

「照之進殿の症状を確認する前に眠らせてしまいましたので、目覚めればまた自分を見失うおそれがございます。照之進殿の生死に直面して、今まで押し殺してきた想いが一気に溢れ出したのでしょう。自分の感情を自分でも抑えられなくなっているのではないかと思われます。こずえの心を癒すには照之進殿の看病をさせるのが最も良い方法なのですが、現時点では、何をしでかすか分かりませんので監視が必要かと」

源斎がお浜を見やる。

「私でお役に立つのであれば」

お浜の真剣な瞳。

この秋夫婦になるとはいえ、一つ屋根の下で寝起きを共にするのはやはり具合が悪い。いや、世間体よりも何よりも、自制心を保てる自信がない。幸之助は溜息を漏らす。

源斎がそんな幸之助を見て小さく笑う。

「成り行きに任せても、誰も咎めませせぬぞ」

「……源斎殿」

源斎のあまりにも爽やかな笑みに苦笑するしかない幸之助。

「では、お浜。こずえのことよろしく頼むぞ」

源斎はお浜に微笑む。

「はい」

「明日、また伺います」

玄関まで源斎を見送りに出るふたり。

「先生。一雨来そうですから傘をお持ちください」

なま暖かい湿った風に流されている雲が月を隠す。その度に辺りが明るくなったり暗くなったり。

「では、遠慮無く」

「お気をつけて」

お浜が深々と頭を下げた。

幸之助は照之進が寝ている部屋へ入る。

「お前が江戸へ来てから、事件ばかり起きるな」

「疫病神だな」

照之進が笑う。そのなんとも爽やかな表情に幸之助は驚く。

「どうしたというのだ。お前が朝子の刃先も避けずに刺されるなど信じがたいぞ」

照之進は天井を見つめ微笑む。

「全てが成り行き。人生の歯車とは真に妙なものだな」

昼前に茄子の収穫をしたのでお浜とこずえは幸之助へもお裾分けにと幸之助の住まいへ出向いた。幸之助の家の前には留守中に押しかけた朝子が帰ろうとしているところだった。

「幸之助様は不在。帰りなさい」

不機嫌な朝子がお浜を睨む。

「茄子をお届けに上がっただけですので」

軽く会釈をして朝子の前を通り過ぎようとしたとき、朝子は慌ててお浜の腕を掴まえる。

「町人の分際で幸之助様に取り入ろうなど以ての外。そなたにはそんな資格も価値も無い。幸之助様にとっても土屋家にとってもこの私にとってもお前は邪魔なだけ。卑しい者がお屋敷内をうろつくなど耐え難い屈辱。今すぐお屋敷を出て行きなさい！」

朝子は大声で叫ぶ。呆然としているお浜。こずえが溜息混じりで苦笑する。

「朝子さん。人の価値は身分や格式ではありません。心です。ご老公様のお言葉がまだお分かりではないのですね。朝子さんには自分を投げ打ってまでも坂崎様を大切にしたいという心がおありですか。今の暮らしや生活を捨ててまで坂崎様を愛せますか」

朝子は一瞬ひるむ。

「あなたにはできません。おそらく誰にもできません。お浜さん以外には誰にも」

「こずえさん。よしましょう」

お浜はこずえを制した。

「いいえ、言わせてください。想像を絶する悲しみと苦しみを経験された坂崎様には、打算でも見栄でも名誉でも駆け引きでもない、純粋な愛情が必要なのです。朝子さんの上辺だけの愛では坂崎様の傷ついたお心を癒すことはできません。それは朝子さんご本人が一番よくご存知だと思いますが」

朝子はわなわなと震えた。こずえの言葉は真実である。

「悪あがきはおやめください。朝子さんが騒ぎを起こせば、それこそあなたが大切にしている根上家の格式や名誉、あなたの自尊心も跡形無く消え去るんですよ」

「知った風なことを！」

こずえは苦笑する。

「ではこう申し上げればお分かり頂けますか。あなたは女としても人としてもお浜さんの足元にも及ばない。坂崎様のことはお諦めください」

朝子の脳裏に昨夜立ち聞きした会話が蘇った。女としての価値が徒組（かちぐみ）の娘に劣ると馬鹿にされ、今その本人に町人上がりのお浜にも敵わぬとこけ下ろされた。やり場の無い憤りと屈辱が湧き上がり膨れ上がり己を制することができなくなった。朝子は護身用の短刀を抜き放つ。

「言わせておけばよくもまあ！　許婚にも抱いてもらえぬ女が偉そうに！　男も知らぬこずえに何が分かる！　退きなさい。私の邪魔をする者は許さぬ！」

叫ぶと手にしている短刀をお浜目掛けて突き付けた。それを慌ててこずえがかばう。

照之進は昨夜、自分の言葉を盗み聞いていた朝子の姿がどうしても気にかかっていた。こずえに危害を加えるような胸騒ぎを覚え、午前の執務が終わったところで佐野の家へ向かう途中、朝子の叫び声を耳にし幸之助の長屋へ足を向ける。案の定。こずえに刃物を向けている朝子の姿。照之進は常軌を逸し般若のような形相で短刀を握っている朝子の手首を掴まえる。

「逆恨みだ朝子。お前が憎む相手はこずえではない。ましてやお浜でも決してない。恨むならお前を捨てた幸之助。そしてお前を弄んだこの私。怒りの刃でこの私を刺し貫いてお前の気がすむのならば刺すが良い。朝子。さあ、刺せ」

照之進は慈しみの笑みを湛えまるで朝子を抱きとめるような優しさで両手を広げた。

朝子はその余りにも穏やかで温かい表情に立ちすくむ。藩一格式ある家に生まれ藩一の美貌ともてはやされ非の打ち所が無い才女と崇められ、なに不自由なく自分の思い通りとなる暮らしをしてきた。なぜ今になって何もかもが意図するようには進まぬのか。なぜ今になって町人や侍女と比較されねばならないのか。比べられたばかりではなく、自分が卑下し蔑んできた女達に事もあろうか劣ると言われねばならぬのか。そして男はそんな自分を哀れみの瞳で見つめる。

「……許せぬ！」

朝子は叫ぶと照之進目掛けて飛び掛かった。切っ先がぶすりと刺さる。照之進は朝子を見下ろし小さく微笑んだ。

「気がすんだか」

避けもせずに本当に自分の刃を受け止めるとは思いもしなかった朝子は呆然とする。

こずえが悲鳴を上げる。

「……て……照之進……様……なぜ……」

朝子はその場にへなへなと座り込んだ。

「……お浜。医者を……源斎先生を呼んでくれるか」

「はい！」

お浜は御殿へ走る。こずえは照之進に駆け寄る。

「小橋様……」

「案ずるな。これぐらいの傷では死なぬ」

笑ってみせたが、刺さっている短刀の柄から滴り落ちる血はその量を増している。

「……肩を……肩を貸してくれ」

こずえは慌てて肩を貸し照之進を支えた。

「許せ。こずえ。私はいつまで経ってもだらしのない男。嫉妬に狂った女の刃に身を晒す不甲斐無さ。こんな私の側にいてはお前の評判を落とすだけだ。親の決めた縁談にはもうこだわらずとも良いぞ。私も諦めがついた。こずえと私の婚儀は破談にしよう」

こずえを見つめ微笑む顔はかなり血の気が引き青ざめている。

「小橋様……私は……」

「……幸せになってくれ……」

ふっと笑うとがくりと力が抜ける。こずえはよろけながら照之進を支える。

「……こ……小橋様！」

そこへお浜の知らせを聞いた家中の者が駆けつける。照之進は幸之助の家へ担ぎ込まれた。

幸之助は大きな溜息をつく。

「こずえへの償いのために朝子の刃を受けたというのか」

「いや。そんなつもりはなかった。ただ、何故か避ける気が起きなかったのだ」

幸之助は障子を開ける。やはりかなり蒸してきた。どうやら今夜も一雨ありそうだ。

「こずえが半狂乱だと聞いた」

「……そうか……」

「慌てぬな」

「すべてに吹っ切れた。もうこずえに未練はない。今はこずえの幸せを願うばかりだ」

「では、本当にお前のことを必要としている女のことを考えてやれ。真剣にな」

「……幸之助……」

「人間はどうあがいても独りでは生きて行けぬ。心の支え、癒してくれる相手がいなければな。この私が言うのだから確かだ」

穏やかにそれでいてどこか遠くを見つめているような重い瞳で幸之助は微笑んだ。

「……幸之助……お主は……なんて強い奴だ」

幸之助は小さく微笑む。

「反対だ。私は小さくて弱い。一度に身内を失ったせいであろうな、生きるための拠り所が無ければ自分を見失い進む道すら見えなくなってしまうのだ。昔は復讐のため、そして今はお浜のために生きている。女々しいと言われようがそれが私の生き方。誰に恥じるものでもない。一度自尊心を捨ててみよ。楽になる。いや、捨てられたからの笑顔か」

照之進は小さく頷いた。

「こずえをこの家に置いて看病させる。ふたりで過去に忘れてきた時間を取り戻すのだぞ」

「……幸之助」

幸之助は小さく微笑む。

「この機を逃せばおそらく一生こずえと和解できぬぞ」

「ああ」

ぽつりぽつりと雨が降り出す。遠くの稲妻が視界に入る。幸之助はお浜を捜す。昏々と眠るこずえを見つめるお浜。

「こずえさんは正気を取り戻せるでしょうか」

不安げに幸之助を見つめる。幸之助はお浜の肩を抱き寄せた。

「信じるしかあるまい」

幸之助の温かい微笑みにお浜は泣きすがった。

「いつもの元気はどうした」

「……申し訳ありません。なんだか怖くて」

幸之助は笑い出した。

「まだまだ甘いな。私は何度お浜のために肝を冷やしたことか」

お浜は幸之助を見上げる。

「いつでも信じていたぞ。お浜ならば必ずや立ち直れるとな。こずえも同様だ」

「……はい。私も信じます。こずえさんなら必ず……」

稲妻が走り雨脚が強まる。お浜は幸之助にしがみついた。

「雨降って地固まる。良い雨かもしれぬな」

小さくなって震えるお浜を抱き上げ奥へ進む。

「広くはないからな。二人も寝たきりの客人がいたのでは部屋がなくなるな」

幸之助の腕の中で震えているお浜。と、武次が食事の支度をすると声をかけた。お浜は慌てて体を離そうとしたが雷鳴に悲鳴を上げる。

「武次。雷が行き過ぎるまでお預けだ」

「畏まりました」

「……申し訳……ありません……」

「少々腹は減ったが、こうしているのも悪くはない」

幸之助はお浜を抱き寄せ唇を重ねる。驚いているお浜にくすりと笑う。

「雷など気にならぬぞ」

「……あ……それは……でも……あの……」

襟間から手を入れても抵抗しない。柔らかい胸の感触を弄びながら幸之助が荒々しく唇を重ねるとお浜は体を幸之助に預けた。こうも素直に従われては欲求に歯止めが掛けられるだろうかと心の中で苦笑する。お浜を横たえ襟を開き首筋に唇を這わせると身体をよじる。更に襟を開くと乳房がこぼれ出す。胸に唇を這わせると漏れそうになる声を堪えているのが見て取れる。悦びで膨らんだ乳首を口に含むと荒い息をしながら悶える。もう少し攻め入っても大丈夫と、幸之助は裾を割り覗いた白い足に唇を這わせた。舌が太股まで達しても拒まない。口をついて漏れそうになる狂おしい声を堪えて身悶える姿は何と艶めかしいことか。幸之助は一気に足を開き花芯へ舌を潜らせた。お浜は驚き悲鳴のような声を上げる。

「……あっ！」

慌てて口をつぐんだが一旦漏らしてしまった悦びの声を止めることができなかった。

「……あ……坂崎……様……あっ……」

幸之助はくすくす笑いながら横に寝転びお浜を抱き寄せた。

「雷は遠のいたのだがな」

お浜は恥ずかしさのあまり両手で顔を覆う。幸之助はその手を外し頬を撫でる。

「照之進が寝ていなければこのままお浜を抱くところだ。あいつの傷のことを考えると枕元で和合するは、ちと、酷であろう」

お浜は幸之助の胸に顔を埋める。

「……自分がこんなに淫らな女だったとは知りませんでした……」

「……なに？」

「……坂崎様を拒めません。いいえ……その逆で……」

幸之助はお浜を抱きしめる。

「男に可愛がられる悦びを教え込まれたならば、体が疼いて当然。私に甘えることを淫らとは言わぬ。

朝子のように自分から節操なく色目を使うことを淫らと言うのだ。よって私の前ではどんなに乱れても構わぬ。大歓迎だな」

「……そのようなことを仰られては余計恥ずかしくなります」

幸之助は笑いながらお浜を抱き上げ体を起こし襟を合わせる。

「お浜の味見もしてはみたいが、腹の虫が騒ぐのでな。最後のご馳走は秋までお預けだ」

お浜は慌てて着物を正す。

「武次さんにお食事の用意をしていただきます」

「頼むぞ」

その夜は静かに更けていった。

翌朝、薬から目覚めたこずえは意味の分からぬことを口走り泣き喚く。押さえようとしたお浜を突き飛ばす。幸之助が慌てて鳩尾に一撃を加えた。

「こりゃ、一朝一夕には行かぬかな。大変かもしれぬが頼んだぞ」

大きな溜息をつくと幸之助は出かけて行く。お浜はこずえの頬をぴたぴたと叩く。

「こずえさん。私が分かりますか」

こずえは気がつき目を開ける。

「……ここは……」

「坂崎様のお屋敷です」

こずえは跳ね起きお浜の腕にしがみつく。

「……小橋様は……」

こずえは怯えるような瞳でお浜を見つめた。

「安心してください。小橋様はご無事です。命に別状も無いと源斎先生が仰られてますから大丈夫です」

「……そうですか……良かった……」

こずえは小さく笑ったかと思うと暗い表情をし泣き伏す。

「こずえさん。どうかしましたか」

こずえは何も答えず泣くばかり。お浜はしばらく様子を見ることにした。


日本橋呉服町呉服問屋福助屋の裏にある通称ドブ板長屋の幸吉の家の戸を、勢いよく開けた大家福助屋の娘お玉は、目の前の幸吉に食って掛かる。

「長いこと出かけるんだったら、声をかけてくれたって良いじゃない。何かあったのかと心配するでしょ」

口を尖らせて睨む顔のなんとも可愛らしいことか。自分の安否を気遣ってくれる者がいるという嬉しさに幸吉は微笑んだ。

「すまなかったね。ちょいと色々あってさ」

幸吉は小指を立ててみせ照れ笑いをする。

「……えっ？」

お玉は驚いて幸吉を見つめる。

「きちんと決まったところで福助屋さんには話しをするつもりだったんだが、後でご報告にあがるよ」

しばらく黙り込んでいたお玉。

「幸吉さんなんか大嫌いよ！」

戸も閉めずに駆け出してゆくお玉。幸吉は溜息を一つ。果たしてお玉を袖にしたことになるのだろうかと苦笑する。半刻ほど時間をおき幸吉は八丁堀の飲み屋喜楽で働くお浜と祝言を秋に挙げる報告を大家曽右衛門にした。来月には下谷へ引っ越すことも告げる。

「喜楽のお浜……菊乃さんの反物を取りに来るあのお浜か。ここのところ見かけぬと店の者達が話していたが、行儀見習いにでも入ったのか」

「はい。知り合いのお武家様のところへ」

「めでたいではないか」

曽右衛門は微笑む。

「ありがとうございます。今まで本当にお世話になりました。引越しの日取りなど決まりましたら、また、改めてご挨拶に伺います」

これでひとまず長屋住まいに区切りが付けられる。

翌日、道具を抱えて麻布飯倉町にある米沢藩の中屋敷へ出向いた。話しは通っているようで門で止められることもなくすんなり中へと入れてもらえた。さすが十五万石のお大名。作庭は見事で手入れも行き届き自分が今更鋏を入れるまでもない。欲を言えば松の樹形がやや大人しい。もう少し枝を左右に張らせ勇姿を強調した方がこの庭には合う。池のほとりには花を付ける低木、躑躅のようなものを川石の合間に植え込むと彩がでて華やかになるかもしれない。

腕組みをして庭を眺めていると突然肩を叩かれる。

「いや。これは驚き。職人の目をしているな」

隣で笑ったのは家老の富田だ。

「早速お邪魔いたしました。良いお庭ですね」

富田が笑う。

「聞いたぞ。植宗の幸吉と言えばその筋では知らぬ者がないほどの名人とか。当藩の庭師もそなたの名を知っておったわ」

「好きが高じただけですから」

「是非とも噂の腕前、披露してくれぬか」

「このお庭には不要かと」

富田は肩をすくめる。

「今し方の顔は庭の値踏みをしていた顔であったが」

幸吉は苦笑する。

「欲を申さばという程度です」

「やってみよ。庭師は是非お手並み拝見したいと申しておる。川部の目論見を調べるには時間もかかろう」

「そのことで、何かご家老のお手元で分かりましたことはありますでしょうか」

富田は大きな溜息をつく。

「実はな、川部というのは当藩の次席家老の息のかかった者であったのだ。川部の仕官の手はずを整えた家老が今の次席家老をも引き立てていた」

富田の暗い顔は藩内で派閥争いがあることを物語っている。

「富田殿とは意を異にするといったところですか」

富田は頷く。

「中屋敷で何か事を起こそうというのであれば……もしや、お世継ぎ問題」

これまた富田は頷いた。

「さしずめご次男擁立に際してのご嫡男の排斥。材木の量からするとご乱心を捏造しての隔離策として座敷牢でも作るおつもりか」

富田は目を剥く。幸吉はくすりと笑う。

「当たらずとも遠からずですか」

富田は苦笑する。

「聞きしに勝る千里眼。廉恥老中殿の懐刀と言われるだけのことはあるな。実に鋭い。御前は、ご嫡男吉憲様を当然のごとくお世継ぎにとお考えなのだがな。問題は二つ年上のご側室のお子、憲勝様でしてな……」

「平たく申せば、ご嫡男より出来が良い。順序や筋を通せば御前様の仰られることはご尤もだが、藩の将来を考えると果たしてそれで良いのかということになる。ご家臣が二つに割れての睨み合いですかな」

　富田は苦笑しながら頷く。

「しかし、木梨殿が実力行使に出るとは思いもよらなかった」

　幸吉は富田を見つめる。

「富田殿の率直なお考えは」

「藩政は頭が切れれば良いというものではない。人間性も重要。多くの家臣の上に立つ器は生まれながらにお世継ぎとして育ったご嫡男に敵うものではない。木梨殿はその点がお分かりではないのだ」

　幸吉は大きく頷く。

「承知いたしました。富田殿のご意向に沿うよう、木梨派の企て事、未然に防ぎましょう。しばらくはお屋敷に通って内情を探らせていただきますがよろしいでしょうか」

「事の露見が一番怖い。良しなに取り計らってもらえれば」

　幸吉は頷く。

　幸吉は屋敷内の様子を調べるために鋏を手に歩き回る。

　大名屋敷の構造はどこも似たり寄ったりである。中屋敷や下屋敷は上屋敷ほど画一的ではないが、表、中奥、奥とに分かれ渡り廊下で結ばれている。側用人という役職は、屋敷の主人に付いて回るので奥御殿へも足を踏み入れることができるため、屋敷内の地理にはことのほか明るくなる。他藩とはいえ勝手知ったる他人の家のようなもの。昼を迎える頃には中屋敷の地図が頭に入っていた。

午後から木に登り手入れがてらに人間観察。遠巻きながらも嫡男吉憲と兄憲勝の確認はできた。派閥争いの両派の顔触れも把握する。吉憲はいつも笑顔で、側衆と悪戯に興じたり侍女をからかったりと、緊張感も鋭さも持ち合わせぬ能天気さ。下克上の世であれば絶対に生き残れぬ温厚にして朗らかな人物。それに対して、憲勝は眼光鋭く行動も機敏で隙がない。書物を読み武芸に励む勤勉家。単に二人を並べてどちらに藩を任せるかと尋ねられれば、恐らく自分でも兄憲勝を選ぶであろう。しかし一つだけ引っかかるものがある。憲勝本人からは野心のようなぎらついた感情が見受けられない。通常、あわよくば自分が藩主にと目論む者は、ちょっとした言動に隠している本心が見え隠れするものなのだが。

夕方には屋敷を引き上げる。そして日没後天井裏へ。聞こえ漏れる話しには派閥の内情、家臣の思惑が滲み出ている。仕える身である以上、待遇、処遇、禄に格と何かにつけ文句もあろうが愚痴ばかりでは前へは進めない。勝手気ままな話しに苦笑しながら天井裏を這い回る。憲勝の部屋の真上に来た時のこと。澄ました耳にゆっくりと襖を引く音が入った。

「誰にも会わなんだか」

どうやら誰かが忍んで来たようだ。憲勝も年頃。侍女に手をつけてもおかしくはない。幸吉は天井板をほんの少しずらし下を覗き、動きが固まった。何と憲勝が抱いている肩は吉憲のもの。兄弟のうえに男色。二重の道ならぬ想いだ。とんでもない事実に直面したものだ。

「よし、では、今夜は兵法の続きだ」

憲勝は書見台の側に蝋燭の火を寄せ吉憲を座らせる。隣室より持ってきた書物を吉憲に手渡し小声で読ませる。

幸吉は小さく微笑む。何と微笑ましい光景か。おそらくこの兄弟には我先に藩主になってやろうなどという浅ましい野心などない。勤勉な兄が人懐こい弟を後ろから支えて藩を盛り立てていくに違いない。二人は自分達の側近が対立していることを知っている。だからこそ皆が寝静まった頃合を見つけて会っているのだ。健気としか言いようがない。己の利権を大事にしたいがための大人達の争いに醜さと嫌悪感を抱く。

翌日、庭の木々に鋏を入れる。と言っても多少伸びている枝を落とす程度。最後に松の手直しである。自分の思い描いた姿へ直す準備をしていた。木を四方から眺め梯子に登り枝葉の確認をし棕櫚(しゅろ)の巻き直しなどに耐えられるか見て回る。どうやらそれが憲勝の興味を引いたらしく、しばらく梯子の上にいる幸吉を見つめていたが声をかけた。

「植木屋。何故、わざわざ縄を掛け直すのだ」

松の枝張りを補正するために竹と棕櫚縄を用意し梯子に乗っていた。幸吉はゆっくりと梯子から下り憲勝の前へ進んだ。

「若殿様。木の枝にも適材適所というものがあるのです。枝を勝手気ままにさせておくと木全体の秩序を乱す。結果、その木の持っている品格も値打ちも地に落ちる。それではあまりにも木が可哀想です。そこで、時には思い切って枝を落とす。暴れるものは縛って言うことを聞かせる。そんな補正が必要なのです。お分かりですか」

幸吉は憲勝の目を見つめて微笑む。憲勝は一瞬硬直する。まるで藩の内情を知っているかのような口ぶり。

「……そちは何者だ」

「植宗の職人で幸吉と申します。この道ではそれなりに知られておりまして、ま、木の声が聞こえるというか心が読めるというか。こちらへお伺いしたときから、このお庭の松達は威厳が足りないと感じておりました。ですが、果たしてあっしが手を加えてよいものかと思案しておりました。ご家老の富田様にご確認を取りましたら好きにせいと仰っていただけたものですから、早速、枝張りの補正をしているところでございます。このお庭の松の木を全てあっしの思い描く姿に直してみようかと。まずは一番立派なこの五葉の松から。今日中にはそれなりの姿に整います。是非、若殿様のご意見を伺いたいと存じますが」

爽やかに微笑む幸吉に、悪人ではないものを感じ取った憲勝は小さく笑いを返した。

「随分の自信だな」

「職人にはその自信が命なのでございます。でなけりゃ、高価な松の枝など切り落とせやしません」

憲勝は声を上げて笑った。

「面白い奴だな」

幸吉は一礼すると梯子に登り仕事を続けた。日が傾く頃には言葉どおり松の姿は雄々しく生まれ変わっていた。

「見事だな」

感心している憲勝に幸吉は微笑む。

「ありがとうございます」

「明日も来るか」

幸吉は道具を片づけ始める。

「あと五本の松がありますから、明日はお伺いいたします」

「楽しみにしている」

幸吉は丁寧に挨拶をして屋敷をあとにした。

よほど興味があるのか、憲勝は庭に幸吉の姿を見つけると様子を見にやってくる。

「こんな小さな木でも威厳を出せるのか」

幸吉はほんの少し首を傾げた。確かに若木では威厳は出せない。

「そうですね。若殿様のお見立て通り、この木に今威厳を求めるのはかわいそうですかね」

幸吉は丁寧に細枝に竹の添え木をして棕櫚縄を巻く。

「三年後、五年後この枝が下へ伸びれば姿が変わります。若木はどの枝をどのように伸ばしてやれば良いか、その見極めをしてやらねばなりません。自分を主張する勢いのある枝を切り落とすは愚策。そんな枝は暴れぬように導く。あまりにも弱々しい枝は……」

幸吉は鋏を入れて切り落とした。

「生きている枝を殺すのですから、かわいそうですが、ほかの枝この木のために犠牲になってもらう。とは言え、本当に犠牲になったのかは年数が経たなければ分かりません。無駄な枝のために木そのものが弱ってしまうこともある。今切り落としたことが将来この木にとって良い方向へ向くように、やはり導いてやる必要がある」

切り口に灰を塗る。

憲勝は幸吉の話を驚きと好奇心で目を輝かせ聞き入っていた。

夕刻には五本の若木の松すべてに幸吉の手が入る。不思議なことに、庭全体で眺めると松の木が自分を主張しているように感じた。幸吉の話を聞いたあとで、庭を眺めているからかもしれないが、それでも、松が重厚に感じられた。

「少しは見え方が変わったと思いますが」

幸吉は道具を片づけながら憲勝を見上げ笑った。

「不思議だな。植木屋の言葉に惑わされているのではなく、真に木の雰囲気が変わったと思う」

「ようございました。木も喜びましょう」

「今日で、仕舞いなのだよな」

「はい。今回は松の手入れを任されたのみですので」

「そうか。もう少し話しがしたかったな」

幸吉はまとめた道具を足下に置くと憲勝を見つめた。

「憲勝殿。自分の考えを貫き通すには揺るぎない信念が必要。その信念を他の者に知らしめるには行動を起こすことが肝要。私が松の枝を大胆に切り落とすように。言葉の意味はお分かりでしょう。側近の考えでも家老の考えでもなく憲勝殿ご自身の考えを貫き通してください」

憲勝は呆然と幸吉を見つめる。幸吉は小さく微笑む。

「庭の松は、藩の家老と似ております。威厳もありましょうが、本来は藩政のための枝。己の利を優先するならば要らぬ枝です。お二人でどの枝が必要なものかを選別することが要かと。さすれば必ずや米沢藩十五万石上杉家にとって善き目、出ると信じております」

「……二人……そちは……一体……」

幸吉は深々と頭を下げ中屋敷を後にする。道具を抱えたまま喜楽へ。外には相も変わらぬ見張り。ご苦労なことである。暖簾を潜るとお糸が明るく出迎える。

「喜楽飯一つ」

幸吉はお糸に微笑む。あさりを炊き込んだ旨みが染み込んでいる滋味豊かな飯に季節の野菜をたっぷり入れた味噌汁が付く喜楽飯。今日の具は南瓜に隠元、蒟蒻、豆腐。季節柄茄子が入っていても良いものだがと思っていると、縦長に割った茄子に味噌を乗せ焼いた田楽が運ばれてきた。味噌の香ばしい香りが食欲をそそる。

「飲みたくなっちまうな」

「つけましょうか」

お糸に微笑まれ残念そうに首を振る。

「いや。今日は我慢」

腹ごしらえをした幸吉は紀文屋敷へ向かう。

「何たる水臭さ。全く情けのうおますな」

食事を済ませてきたことがいたくお気に召さぬ様子の文左衛門。

「だから酒は飲んでこなんだぞ」

「ま、それだけは許しまひょ」

酒の用意がされる。

「川部からの注文を受けてくれぬか。商談成立を祝し明日一席設けてくれ。菊乃を呼んでな。場所と時間は必ず桜井の旦那と高見沢殿に知らせる。後はあの二人に任せよう」

「手付けぐらいは受け取ってもよろしいんでしょうね」

「いいや」

文左衛門は特大の溜息を漏らす。

「ほな、わては銭を出しただけやないですか。納得いきまへんな」

幸吉は苦笑する。

「そう、むくれんでくれ。秋になったら下谷の家で茶会を開こうかと思っている。手前はお浜だ。文左衛門にも是非出席してもらいたい」

「いけずなお人や。わての弱みを逆手にとりはる。あー食えん食えん!」

幸吉は酒を飲みながらくすりと笑う。

「これが縁で米沢藩と商いができるやも知れぬぞ」

「お台所はかなり苦しいそうやから、ま、期待なんぞはしてしまへん」

幸吉は肩をすくめる。

「相変わらず手厳しいな」

「当然。わては天下の紀文でっせ。あんじょう儲けの出ない相手などお断りですがな」

翌日、幸之助は米沢藩上屋敷へ富田を訪ねる。植木屋の格好をしている幸之助が上座に座っているので、同席を強いられた木梨が驚く。

「富田殿。一体何の座興だ」

「木梨殿。お座りください」

幸之助は厳しい表情で木梨を見つめる。

「若殿様方は大人達の愚かな争いを知っております」

植木屋の言葉に度肝を抜かれた木梨はあんぐりと富田を見つめる。

「仲の良いご兄弟だということすら隠しておられる」

「なんと！」

富田は幸之助を凝視した。

「子供とは鋭い感性をしておりますゆえな、小賢しい大人の見え透いたやり取りなど、とうに見抜いている。憲勝殿はまことに出来た人物。憲勝殿がおられれば藩は当面安泰でしょう」

富田は幸之助を睨む。

「それでは話が違いますぞ！」

幸之助は小さく笑う。

「富田殿。本題はこれからです。憲勝殿ご本人は藩主になろうなどという野心を微塵もお持ちではない。吉憲殿を影から支えるおつもりで、日々学問に励んでおられる。しっかりとした志をお持ちの立派なお方です。おそらく憲勝殿の真意を子守役のお歴々がご存知ではないだけ」

幸之助は木梨を睨む。

「そうであろう。木梨殿」

「……それは……」

しどろもどろする木梨。

「今回の件。浮き足立つ大人達が巻き起こした内紛。苦境にある米沢藩の将来を左右するは、誰が藩主になるかということではなく、いかに藩を豊かにするかでござる。快活で外交向きの吉憲殿を憲勝殿が知力で支える。兄弟の輪があってこそ藩が繁栄するというもの。せっかくのご兄弟の仲を、大人の利権で引き裂くなど言語道断の愚考。あのお二人が自ら仲違いするなどあり得ませぬ。近々極秘で中屋敷へ赴きますが、その際にお二人が仲良く肩を並べて語り合っている姿をお見受けできない場合には、事の次第、公に出しても構いませぬぞ」

富田は形相を強張らせ、木梨は幸之助を睨む。

「謙信公以来の銘家ゆえ、取り潰すは勿体無いが、柳沢殿は喜びましょうな」

「……お主……寝返るか！」

富田はかた膝を立て刀の柄に手をかけ幸之助を威嚇する。幸之助は静かに微笑む。

「私は廉恥土屋相模守の腹心。侮っていただいては困りますな。主人同様、道理の通らぬものには首を縦には振れない」

木梨は腰を抜かさんばかりの驚きよう。

「……どうして……ご老中のお耳になど……」

木梨は富田に視線を移す。

「お主が材木の注文などをさせるからだ！」

「……材木……」

木梨はその場にへたり込む。

「事が私に漏れたことを不運と思われるか、幸いと考えるかは、ご家老方の心一つと思いますが」

幸之助は爽やかな表情でふたりを見つめる。

「怖いお方に見つかったものだ」

富田は溜息を漏らす。

「藩政は私物ではござらん。勿論、藩主のみのものでもない。領地には民の生活があり、国そのものが豊かになってこそ武士は生きていけるもの。これは建前でも題目でもありません。真に国を思う心が藩政を担う者にあるか否かです。吉憲殿はまだ幼少。どこまで危機感をお持ちかは分かりません。しかし、人を惹きつける屈託のない笑顔は必ずや藩政に活きましょう。そして、憲勝殿の洞察力と知性は今の米沢藩にはなくてはならぬものと言えましょう。お二人が手を取り合うことこそが藩の将来を明るいものにする。違いますかな」

幸之助の厳しい表情に富田と木梨は息を呑む。まさしく道理だ。

「確かに、今、藩内で争うは愚かと言えような。どちらかを選ぶのではなく双方を立てる。そんな藩政も良いかもしれぬ」

幸之助は大きく頷く。

「良き指導者には切れる側近がいるもの。お二人の姿にそれを見たように思いますが」

幸之助の言葉に木梨が肩をすくめた。

「ほんに、恐ろしき人だ。ほんの数日で我々以上にあのお二人の本質を見抜かれたとは」

幸之助は小さく微笑む。

「植木屋という隠れ蓑が人の心を裸にしてくれますので」

富田と木梨は見合って笑う。

「ところで、木梨殿」

幸之助は改まって木梨を見つめた。

「ご家中の川部又三郎殿なのですが、ご当家にとって無くてはならぬ人材でしょうか」

「と申されるのは、何か訳でも」

幸之助は川部が本当は偽者であることを告げる。木梨は笑い出した。

「分からなくもないな。確かに出来る男ではある。仕事の面から申せば必要な人材だ。が、人間的には褒められた者ではない。なくしても惜しいとは思わぬな」

「私事で心苦しいお願いなのですが、川部殿の処遇、私に一任させていただけませんでしょうか。最悪の場合もありうるのですが」

木梨は小さく頷く。

「友を手にかけ、当藩の人間に成りすますなど武士として、いや、人として許せぬ。ご存分に」

「ありがとうございます」

幸之助は深々と頭を下げる。これで布石は全て打った。あとは高見沢の詰めを高みの見物だ。屋敷へ戻る前にゆっくり美味い物でも食いながら杯でも傾けようかと喜楽へ向かう。店の前で九ツの捨て鐘が丁度鳴る（正午少し前）。見張りの姿が無い。木梨には富田との和解を川部には伝えないでもらいたいと言ってきた。約束を違えるとは思えない。どうやら自分がお膳立てをする前に菊乃を見つけ出したのであろう。高見沢は知っているのだろうか。何故かいやな予感がよぎった。喜楽に飛び込み板場の玄兵衛に駆け寄った。

「高見沢殿、いや、菊乃姉さんの家は昔と変わりがないか！」

「何か……」

「見張りがいない」

「葺屋町の……昔の場所の路地よりもう一本境町へ寄ったところへ移ってます」

「行ってみよう」

「桜井様に繋ぎを取っておきます」

「頼んだぞ」

幸吉は葺屋町へ急ぐ。芸者殺しの犯人にされ、あわや小伝馬町へ送られそうになったのはもう二年も前。現場は語るも凄まじい惨状だったと聞いているので引っ越していて当たり前。あたりをきょろきょろしていると高見沢に声をかけられる。

「宝でも落としたか」

抜ける青空が目の前に現れたのかと思うような鮮やかな空色の着物。銀の兵児帯を締めた姿はやはり女形だ。しかし似合っている。苦笑した幸吉は肩をすくめる。

「菊乃姉さんは家にいるのか」

幸吉の鋭い視線に高見沢は走り出す。家に飛び込む。蛻(もぬけ)の殻。足下に煙草盆がひっくり返っている。

「やられた！」

「どこへ行っていたのだ」

「今夜の座敷を前に気分が悪いというので、すぐそこの医者のところへ薬を貰いに行ってきたのだ。今日は女中のおしのが実家へ帰っていたのでな」

「菊乃姉さんが独りになるのを待ち構えていたということだな」

そうこうしていると桜井が駆けつける。

「さっき、少々怪しい辻駕籠が江戸橋のほうへ行ったそうだぞ！」

「中屋敷か下屋敷だな」

幸吉は高見沢の肩をぽんと叩く。三人は駕籠を追う。麻布の中屋敷にしろ白金の下屋敷にしろ向かう方角は一緒。新橋を目前にして侍二人が供をする不審な辻駕籠が視界に入った。

「馬鹿が。あれじゃ誰かを掻っ攫いましたと言っているようなものだ」

駕籠は愛宕の大名小路を抜けどうやら愛宕山権現の森へと向かうようだ。陽が傾きかけ日射しが柔らかくなったのを待ちかまえていたように蜩が鳴き始めている。木立が深くなり人の気配が全くない蝉だけが鳴く静かなところで駕籠が止まる。そこには川部又三郎いや倉橋辰之進が待っていた。菊乃は駕籠から慌てて飛び出す。

「ちょいと。一体なんの騒ぎですかね……あらいやだ。この前のお武家様」

辰之進はまざまざと菊乃を見つめた。

「全くな。お前が生きていようとはお釈迦様でも思いつくまい」

辰之進は刀を抜く。

「今度こそあの世に逝ってもらおう」

辰之進が刀を構えた瞬間、小刀が左の肩口に突き刺さる。よろける辰之進。若い侍二人が刀を抜き身構える。

高見沢が凍りつきそうな冷ややかな表情で、桜井が大笑いをしながら、幸吉が溜息をつきながら辰之進に近づく。

「辰之進。お前が生き存(ながら)えていることをお釈迦様はお嘆きだ」

桜井が菊乃の腕を掴み背にかばう。若侍が高見沢に斬りかかる。高見沢は一撃で二人の腕を斬り裂く。肩口に突き刺さっている小刀を抜き捨てた辰之進の前に立ちはだかる高見沢。その冷ややかな表情は今までに見たことの無い重苦しいものだ。剣先を辰之進の首筋にあてがう。動きを封じられた辰之進は高見沢を見据え冷笑する。

「女の格好をして何が面白いやら。三男坊の行く末はそんなものだろうて」

幸吉が辰之進に詰め寄る。

「お主が心中の身代わりに立てた御仁が、本物の川部殿だな」

辰之進は幸吉に唾を吐く。

「また、お前か。植木屋ごときが無礼であろう！」

桜井がからからと笑った。

「人を外見だけで見誤るな。この植木屋、実はご老中土屋相模守様の側近坂崎幸之助殿。米沢藩のご家老木梨殿よりお前の処分を一任されているのだからな」

辰之進は目を剥いた。幸吉は小さく笑う。

「紀伊国屋は吉原を借り切るほどの度を越した遊び人だが、あれでも商人。いや、商売相手の目利きは天下一。はなからお主の話など信用しておらぬ。文左衛門を甘く見たな」

「……あの……酒宴は」

「私にお主の品定めをさせたのよ。友人にただ酒を飲ませるほど酔狂な男ではないわ」

「……小癪な！」

「それはこちらの台詞だ。己の出世のために友を手にかけるなど以ての外。ましてや他人に成りすますなど武士としての恥を感じよ」

辰之進が笑い出す。

「嫡男に生まれただけで無能な者が家を継ぐなど愚の骨頂だ。左門にしてもそうだ。興行師でもあるまいに皆を笑わせることぐらいしか能の無い奴に馬鹿にされるなど耐えられぬ。沙愛との婚儀が整った際にあいつは、お主ならいくらでも養子縁組の話があろう。野々村家の三和殿なぞ良い女ではないか。頑張れよ、と笑ったのだ。あの、人を蔑む笑いには耐えられなかった。その足で沙愛を手篭めにでもしてくれようかと思ったが、無邪気な笑顔に負けた。その代わりに密通の噂を流したのよ。慌てふためく左門の姿は滑稽そのもの。藁をもすがる思いで相談してきた。そうなればこちらの思う壺。左門は言いなり。消すのは容易かったわ。あの田舎侍とて同じ。路銀を盗まれお屋敷へ出向く着物も買えぬからと道場破りに乗り込んだが、呆気なく負かされて途方に暮れていた。こんな馬鹿がなんの役に立つのかと腹が立った。聞けば、自分を引いてくれた家老とはほんの幼い時に会っただけで面識など全く無いという。この機を逃すは無かろう。待ち合わせの場所で大人しく待っていれば沙愛を手にかけることなど無かったものを。女とは浅はかな者よ。簪を取りに戻って来るとは。川部を仕留めた現場を見られては口を封じるしか手があるまい」

からからと笑う辰之進に高見沢は肩を震わせる。

「……許せぬ！」

高見沢は刀を構える。

「鼻息の荒いことで」

辰之進は薄笑いをする。

「高見沢。私の腕を見くびるな。昔とは違うのだからな」

言うが早いか辰之進が斬り込む。高見沢は一瞬退く。刀の重なる澄んだ音が響き渡る。躱すばかりの高見沢に菊乃が不安な顔を見せる。

「……高見沢様……」

桜井は菊乃の肩をぽんと叩く。

「案ずるには及ばぬ。それこそ高見沢の腕は辰之進の知る昔とは比べものにはならぬ。ま、辰之進に少しは刀を振らせてやらねば面目が立つまい」

次の瞬間、高見沢は躱した刀を翻した。切っ先が辰之進の頬をかすめる。

「……うっ」

辰之進の動きが止まる。高見沢は再度刀を構えた。

「坂崎。斬ってもよいのだな」

「存分に」

幸吉は肩をすくめる。

「覚悟！」

叫ぶと同時に高見沢は刀を振り下ろす。辰之進は慌てて躱すが、高見沢の素早い次の太刀は防ぐことも間に合わず脇腹に刃先を食らう。よろけ膝を突いた辰之進。

「皆の無念、思い知るが良い！」

大上段に振りかざす高見沢。

「おやめください！」

菊乃は叫ぶと高見沢の前に飛び出す。

「……菊乃……」

驚いている高見沢を菊乃は沈痛な表情で見上げた。

「私の失くした記憶のために高見沢様が手を汚されるなどいやです」

「……菊乃……」

美しい菊乃の顔が夕陽を浴び紅く輝く。

「……おやめください……」

「こやつをかばう気か？」

菊乃は小さく首を振る。

「人が死ぬのを見たくはありません」

「こやつが手にかけた者たちは浮かばれぬ。そなたも……」

菊乃は高見沢を静かに見上げた。

「私は……私は今のままで充分です。高見沢様が側にいてくださるだけで」

菊乃の瞳から涙がこぼれる。

「……菊乃……」

高見沢は刀を下ろすと菊乃を抱き寄せた。

「……馬鹿が！」

体制を立て直した辰之進はほくそえみ菊乃の背中目掛け刀を振り下ろす。一瞬早く、若侍の手から零れ落ちている刀を拾って幸吉が辰之進を正面から袈裟懸けにする。

「……き……貴様……」

おびただしい血しぶきをあげ仰向けに倒れる辰之進。

「見苦しいぞ！」

幸吉は辰之進の眉間に血の滴る剣先を突き付けた。

「お前の所業を許すという女の心も酌めずに刃を向けるなど人として許せぬ」

「……ふん……お……お主に何が分かる……部屋住みの惨めさが……」

「恨み、憎しみ、妬み、嘆く、か」

幸吉はからからと笑う。

「この期に及んでも己のことのみとはな、片腹痛い。そんな心根のお前には人の心の温かさなど分かるまい。生きるに値せぬ。己の不運を哀れみ死ぬが良い。お前に命奪われた者達の怨念をも背負ってな」

幸吉は冷ややかに笑い手にしている刀を辰之進の喉元目掛け突き刺す。刃先は首をかすめ土に突き刺さった。

幸吉は高見沢に腕を斬られうずくまり唸っている若侍のひとりに近づく。

「屋敷へ立ち返り川部は死んだとご家老の木梨殿に伝えよ。さあ、行け！」

呆然としている菊乃。桜井が高見沢の肩を叩く。

「抜き身を仕舞え」

高見沢は苦笑い。

「坂崎はお主以上に鬼だな」

懐紙で刃先の汚れを拭いながら高見沢が苦笑する。

桜井は、もう一人転がっている若侍の腕の傷を手拭いで無造作に縛っている幸吉を見つめた。

「そうでなければ敵討ちなど成就しないであろう。計り知れない情念を抱えて生きてきたはずだがな」

桜井は肩をすくめる。

「それを仏に変えさせたのはお浜よ」

桜井の柔らかい笑顔に小さく頷く高見沢。

「確かに。人の心の温かさを教えたのはお浜であろう。だが親の敵を許す寛大さは鬼がゆえに持てる心の強さ。怖い男だな」

幸吉は高見沢達のところへ足を向けた。

「高見沢殿。菊乃姉さんと座敷へ向かってくれ。文左衛門には残り三人は来られぬと伝えてくれまいか」

幸吉のいつもと変わらぬ人懐っこい笑顔に菊乃は思わず涙を見せる。幸吉は慌てて駆け寄る。

「女子に見せる現状ではないわな。高見沢殿。さ、早く。後はこちらで対処いたす」

高見沢は頷く。

「今度ゆっくり飲もうぞ」

菊乃を促し歩き出した高見沢が振り返り幸吉に微笑む。

桜井と幸吉は二人を見送る。

「桜井殿。菊乃姉さんは記憶が戻っているのではないのか」

幸吉は桜井を見つめた。

「辰之進を庇った時の涙か?」

幸吉は頷いた。

「かもしれぬ。が、今更問いただす気はない。恐らく、菊乃にとっては辛い事実。辰之進の人と形(なり)を見れば、菊乃いや沙愛殿が受けた傷の深さは言わずもがな。沙愛殿はあの折りに死んだ。それで良いのよ。今の菊乃さえ幸せならばな」

幸吉はくすりと笑う。

「鬼の桜井も実は仏」

桜井は肩をすくめる。

「元来、根っからの悪人なんぞというものは、そう多くはないもの。同心は大なり小なり仏よ」

幸吉は苦笑する。

「融通が利かず、体裁と面子と格式にこだわり建前だけで生きているのは我々陪臣の方だな」

桜井は真顔の幸吉を見つめ一瞬黙するが、噴き出す。

「お主ほど型破りな侍などおらぬぞ」

「武士らしからぬ武士はお互い様か」

「高見沢も加えてな」

ふたりは見合い笑う。

息絶えた辰之進の蒼白な顔を夕陽が虚しく朱に染める。

茜色に変わった空には鰯雲。蜩とつくつく法師が声比べ。足元では虫が鳴き出し歌自慢。頬を撫でる風には涼が加わり、季節は秋へと歩みを進めている。暑さ寒さも彼岸まで。秋色に染まる新たなお江戸の或る日もすぐそこまで来ている。

著者プロフィール
安居 咲花（やすい　かおる）
昭和37年１月　東京都生まれ
中央大学法学部卒業
東京都杉並区在住

カバーデザイン：Kodama. R

お江戸の或る日　噪

2024年９月15日　初版第１刷発行

著　者　安居 咲花
発行者　瓜谷 綱延
発行所　株式会社文芸社
〒160-0022 東京都新宿区新宿１－10－１
電話 03-5369-3060（代表）
03-5369-2299（販売）

印刷所　株式会社晃陽社

ISBN978-4-286-25702-0